根据彝文典籍与彝族神话传说创作

阿普笃慕
A PU DU MU

柏叶（彝族）著

四川党建期刊集团
四川民族出版社

图书在版编目（CIP）数据

阿普笃慕／柏叶著. —成都：四川民族出版社，2014.7（2021.9 重印）
ISBN 978-7-5409-5575-5

Ⅰ. ①阿… Ⅱ. ①柏… Ⅲ. ①叙事诗-中国-当代 Ⅳ. ①I227.3

中国版本图书馆 CIP 数据核字（2014）第 177512 号

阿普笃慕
柏叶 著

责任编辑：韩　昊
封面设计：成都力扬文化传播有限公司　028-61408776
出版发行：四川党建期刊集团
　　　　　四川民族出版社
地　　址：成都市三洞桥路 12 号
邮政编码：610031
电　　话：(028) 86252337
印　　刷：永清县晔盛亚胶印有限公司
成品尺寸：145mm×210mm
印　张：6
字　数：150 千
版　次：2014 年 8 月第 1 版
印　次：2021 年 9 月第 2 次印刷
书　号：ISBN 978-7-5409-5575-5
定　价：28.00 元

著作权所有·违者必究。

风一样云一样水一样
——《阿普笃慕》序

倮伍拉且

读完柏叶四千多行的叙事长诗《阿普笃慕》，我呆呆望着窗外，似乎想了许多，似乎什么也没有想。脑海里浮现出太多的思绪：人类漫长的历史、彝族历史、创世史诗、神话、传说、宗教信仰、生命的意义、文学艺术、诗歌，等等。似乎想得太多，不过脑海里浮现出的这些太多的思绪，不是苦思冥想的结果，而是伴随着阅读而产生出来的，自然而然地产生出来的，像风一样吹拂，像云一样飘荡，像水一样流淌。

我呆呆望着窗外，这是周日的上午，天气晴朗，风在轻轻地吹，云在缓缓地飘，水在静静地流。人类漫长的历史、彝族历史、创世史诗、神话、传说、宗教信仰、生命的意义、文学艺术、诗歌，等等等等，浮现在我的脑海里，浮现在这个周日上午的风里、云里、水里，也浮现在我刚刚读完的《阿普笃慕》的诗句里。

阿普笃慕
A PU DU MU

我要站在,高山之顶
让魂灵与飞扬的思绪
穿越,漫长的历史时空
倾听,祖先永恒的呼唤

长诗开头的四句明确地告诉我,他要倾听,他要站在高高的山顶上,让耳朵长在灵魂上去倾听,在漫长的时间里和广阔的空间里倾听。他要倾听什么呢?

我还要用两只飞翔的耳朵
倾听你与猛虎对话的声音
倾听你与苍鹰交谈的话语
倾听你与神龙开怀的笑声
倾听你在狂风暴雨里
呼唤天神的号角
倾听你在雷鸣电闪中
祈福子孙的颂歌

柏叶的两只长在灵魂上的耳朵,在倾听阿普笃慕与虎的对话、与鹰的交谈、与龙的笑声,倾听阿普笃慕祈福子孙的声音。柏叶的耳朵由此能够听得到和听得懂虎的话语、鹰的话语、龙的话语、植物的话语、山川河流的话语。在这部长诗中,柏叶激情满怀地叙说了他在漫长的时间里和广阔的空间里听到的和听懂的天地万物的声音。柏叶的叙说不雕饰,不做作，自然流畅，像风一样、云一样、水一样自然流畅。我想，柏叶也一定听得到和听得懂风的话语、云的话语、水的话语。我想，柏叶这个人其实就是风，就是云，就是水，自然吹拂，自然飘荡，自然流淌。

这个周日宁静的上午，读完《阿普笃慕》，我发了一阵呆。

阿普笃慕是彝族同胞普遍认同、一致尊奉的彝族人文祖先，柏叶用文学的形式表现出来的阿普笃慕形象，使我们更容易接近阿普笃慕，更容易表达对阿普笃慕的缅怀与崇敬。我知道在柏叶的家乡峨山县，已经建立起阿普笃慕文化园，阿普笃慕和他的六个英雄儿子的青铜塑像，就坐落在阿普笃慕文化园内。也许，因为如此，柏叶在创作过程中才获得了喷涌的灵感。

我终于回忆起那年在云南，柏叶对我讲他的家乡峨山，讲峨山的山，峨山的城，城里的家，家里的妻子、孩子，柏叶说话太快，地方口音（应该是彝族口音）又比较重，我大概能听得懂三分之二。柏叶留给我深刻的印象是，他的声音里随时洋溢着作为彝族人的无比的骄傲，无比的自豪。

我认为《阿普笃慕》也洋溢着无比的骄傲，无比的自豪。

2014 年 2 月 9 日星期日于凉山西昌观云斋

目　录 | Contents

引　子 / 1

第一章　俄谷诺谷二龙王　开天辟地造世界 / 8
第二章　娥玛峨龙两姐弟　遵从天意结夫妻 / 18
第三章　天臣查访笃阿慕　倾心交谈获天佑 / 44
第四章　天臣用计巧安排　滔天洪水除恶人 / 57
第五章　劫后余生笃阿慕　归宿福地堂狼山 / 68
第六章　世间唯一笃阿慕　天神降旨配婚姻 / 77
第七章　笃慕登天相亲难　天臣摘叶换美颜 / 97
第八章　嫁至人间三仙女　天臣阿哥亲相送 / 108
第九章　天仙三妻勤持家　人间笃慕心欢喜 / 121
第十章　六个儿子始成长　笃慕教诲本领高 / 129
第十一章　天神再发天旨令　准备征伐六方霸 / 141
第十二章　猛虎神龙苍鹰助　六儿完成大一统 / 153

尾　声 / 160
后　记 / 168

引 子

我要站在，高山之顶
让魂灵与飞扬的思绪
穿越，漫长的历史时空
倾听，祖先永恒的呼唤
我要站在，险峰之上
高举古老神圣的火把
点燃，遥远的蛮荒世界
照亮，彝人辉煌的梦想
总之啊，除了死神
除了石头开花的声音
还有我的肉体和冥想
还要带上，我的生命
所拥有的一切，一切
千百次地穿越，那遥远的
历史时空
千百次地穿越

阿普笃慕

A PU DU MU

沉寂的墓地，荒凉的废墟
空旷的峡谷，阴森的岩洞
还有，佛影重叠的禅院
还有，黑云汹涌的天宇
还有，闪电映红的大地
穿越啊，千百次地穿越
那些没有留下名字的峰峦
河流、悬崖、山道、森林
以及飞鸟的哀鸣，猛兽的怒吼
以及那遗落在滔天洪水之中的
孤影，孤影背后的星光
梦幻，梦幻映红的期盼
然后，像一条清澈的河流
回归到，那片沉睡在
万千年前，原始而又
蛮荒的岁月
回归到，一个古老
民族的灵魂深处
回归到，能够唤醒石头说话
充满神秘色彩的彝文经典
回归到，永远只属于
创世纪英雄的土地上
最后和最初的彝族人

引 子

现在,我还要用一双
梦的眼睛,开始寻找
我们,所有彝人的始祖
阿普笃阿慕,我们的阿普
我们的,生长在已凝聚成
永恒的阳光里的笃阿慕
我要去寻找,阿普笃阿慕
用血与泪交织而成的
创世功勋
我要去寻找
阿普笃阿慕,用岁月的挽歌
铭刻在那片蛮荒的土地上
如梦如幻的,无数个身影
我知道,我知道啊
那里的每一块石头
每一堆篝火,每一棵大树
每一条山道,每一朵云彩
甚至,每一道刺眼的闪电
每一个幽暗而温暖的山洞
甚至,每一片飘扬的绿叶
每一滴露珠,每一缕阳光
都铭记着你的名字
都讲述着你的故事
你是那里,前无古人

阿普笃慕
A PU DU MU

后无来者的真正主人
你是那里，站立起来
就可以高举双臂
擎起混沌天宇的英雄

我还要用两只飞翔的耳朵
倾听你与猛虎对话的声音
倾听你与苍鹰交谈的话语
倾听你与神龙开怀的笑声
倾听你在狂风暴雨里
呼唤天神的号角
倾听你在雷鸣电闪中
祈福子孙的颂歌
我知道，我们的始祖
阿普笃阿慕，无论白天
无论漆黑的梦境
或者，星光灿烂的夜晚
你都是至高无上的王
甚至苍莽森林里
所有的飞禽走兽
都是你的臣民
当你站在最高的山峰时
纵横交错的山脉
都臣服于你的神威

引 子

江河是你滋养大地的血汗
闪电是你握在手中的长剑
松涛是你留给后代的歌谣
你曾经行走如飞的地方
到处鲜花盛开,柳絮飞扬
脚印已经变成深潭
百兽日夜尾随其后
时光留下的迷惘记忆
历史留下的缤纷落叶
在萧瑟秋风中
旋转着飘零,然后
化作无数神奇的传说

阿普笃阿慕,你是
我们孤傲的英雄啊
你是所有男人当中的男人
你是一千次死去之后
又一千次复活的彝人
你是披着彩霞站立在
堂狼山上的圣祖
你那乌黑的长发
在阳光下飘扬成森林
你呼出的浓浓气息
弥漫在大地上所有的深谷

阿普笃慕

A PU DU MU

因此啊，万千年的时光
悄然逝去，依然没有磨去
你的半点声如洪钟的圣名
依然没有磨去你刚毅的脸庞上
充满追求幸福自由的面容
因此啊，我要去寻找你
寻找你留在野草般繁茂的
历史丛林中的那段
开天辟地的辉煌岁月
寻找你留在浩瀚的天宇里
那个永不消亡的身影
寻找你用智慧和神力
战胜滔天洪灾的足迹
寻找你飘扬在大风中的呐喊
寻找你镂刻在悬崖上的灵光

因此啊，我还相信
我还相信我们的始祖
阿普笃阿慕，我们的
就像奔腾不息的江河一样
流淌在精神世界里的始祖
阿普笃阿慕，你应该听见了
千百万后代子孙的呼唤
你应该听见了

引 子

毕摩把亡灵送回你身边时
诵读彝文经书的声音
你更应该看见啊
千百代子子孙孙
在妖雾迷蒙的蛮荒之夜
高举着神圣的火把
走过峥嵘岁月的场面
你更应该看见啊
虔诚祭祖的后代子孙
每年簇拥着你的圣像
走向你那如虹的目光
走进你那深邃的灵魂
在浩如烟海的思念里
感受你,亲近你,缅怀你
是的,我们的始祖
阿普笃阿慕,你是圣祖
你是每个彝人的灵魂里
与生俱来的永恒的怀念
你是每个彝人的梦想里
日夜燃烧着的歌唱
你是流传千里彝山
所有神话的统治者

阿普笃慕

A PU DU MU

第一章
俄谷诺谷二龙王
开天辟地造世界

万千年前的世界
是神话像风一样
到处流浪的时代
天地间一片混浊
迷雾重重的苍穹
分不清哪是天哪是地
分不清东西南北中
江河在阴森的天宇里
汹涌浩荡，奔腾不息
森林在恐怖的暗夜里
疯狂飘扬，呼啸不止
就在刺眼的闪电，不停地
撕裂着苍茫天幕的时候
就在迷蒙的世界，被闪电
撕扯开一条裂缝的瞬间
老龙王俄谷诞生了

第一章

这是一条开天辟地
威力无边的龙王啊
龙头足有九千围
龙尾足有七百绕
龙身足有八万米
龙眼生有九千双
龙手长有九千九
龙脚长有八千八

俄谷老龙王
终于在混沌的世界里
挣扎摸索了一万年后
诞生了,它给世界
带来了鲜活的生命
它给人间,带来了
主宰一切的力量

俄谷老龙王啊
自从诞生之后
高昂起万丈头颅
站立在一个名叫生冲
苍茫浩渺的大海里
呼啸的海浪冲天而起
拍打着俄谷老龙王

阿普笃慕
A PU DU MU

擎天而立的身躯

狂风,在海浪上空嘶鸣

乌云,笼罩着茫茫海面

就在这漆黑的暗夜里

俄谷老龙王

伸展开万丈巨臂

伸进那深不可测的海底

捞起沉睡亿万年的巨石

用了整整四千年的时间

夜以继日,千辛万苦

把巨石垒成石堆

把石堆垒出海面

垒起了高山峡谷

垒起了苍天浩宇

然后伸展开左手

撑住阴沉的天空

然后伸展开右手

扫净弥漫在大地上的

那浓密的尘埃与迷雾

再用三千年的时间

夜以继日,万苦千辛

用双手挖出堆积在

生冲大海里的泥沙

造就了广阔无垠的大地

第一章

从此，苍茫天地间
俄谷老龙王
开始主宰着世界
繁衍生息万千年
万千年后啊
俄谷老龙王九世孙
诺谷小龙王诞生了
诺谷诞生的那一天
生冲大海巨浪翻滚
海面闪耀着血光
天空布满了彩云

诺谷小龙王
出世一会儿
就能听懂父亲的声音
就能认清母亲的面容
出生三天后
诺谷小龙王
开口问父母
生冲大海有多大
生冲大海有多深
到底为什么
出现在眼前的世界
总是一片死气沉沉

阿普笃慕

A PU DU MU

光明躲到哪里去了
为何寻找不见
一丝微弱的亮光
父母老实告诉他
俄谷老祖宗
身为老龙王
出世至今传九代
俄谷老龙王
虽然历尽千辛和万苦
创造出了苍天与大地
但还没有创造出日月星辰
还没有创造出世界万物
所以九世子孙传到今
天地间还一直弥漫着
无边无际的黑暗
世间的天窗还封闭在
原始的蒙昧年代
在没有一缕光明的岁月
所有睁开的眼睛
都变成了瞎子
所有健壮的双腿
都迈不开脚步
所有梦想的花朵
都凋谢在黑洞里

第一章

所有展开的翅膀
都撞碎在岩壁上

于是,勇敢善良的
诺谷小龙王
暗自下定了决心
准备拯救充满黑暗的世界
完成祖宗没有完成的任务
就在一个狂风呼啸
世界沉入死寂的时刻
诺谷小龙王
左手拿着铁扫帚
右手紧握金棍棒
凭借龙威和神力
跳进生冲大海里
双脚踏着汹涌的海浪
仔细观察了三遍
生冲大海的形状
然后来到生冲大海的边际
倾听着震耳欲聋的海啸声
围绕着生冲大海
向左绕了三千回
向右转了六千次
任凭那坚硬如石的海浪

阿普笃慕

A PU DU MU

狠狠地砸在血肉之躯上
任凭那漆黑一团的世界
严密地蒙住睁大的双眼
诺谷小龙王啊
苦思冥想,一心只想着
摸索探寻到一个出水口

寻找了整整三昼夜
诺谷小龙王
终于惊奇地发现
大地之所以充满无边的黑暗
这是因为还没有打开过天门
大地之所以涌满滔天的海浪
这是因为还没有高山和深箐
聪明智慧的诺谷小龙王
神力无穷的诺谷小龙王
发现这个秘密后
毅然决定亲自去打开天门
让高山深箐露出本来面目

于是,诺谷小龙王
挥舞着手中的铁扫帚
从生冲大海里腾空而起
使出惊天动地的神力

第一章

用了三天三夜的时间
扫净弥漫在天宇里的尘埃
然后啊,又举起
那金光闪烁的金棍棒
不停地奋力向上猛戳
把天空戳开两个大洞
然后啊,诺谷小龙王
为了让世界获得光明
为了让黑暗无处可逃
忍着剧痛,张开龙爪
亲手抠出那一对
隐藏在自己额头上的
珍贵而明亮的眼珠子
镶嵌在天宇里
两只眼珠子
左眼珠成为太阳
右眼珠成为月亮

从此啊,天地间
区分出了昼与夜
从此啊,人世间
终于产生风与雨
太阳灿烂无私的光芒
洒遍了大地的每个角落

阿普笃慕

A PU DU MU

月亮洁白无瑕的银辉
铺满了沉静柔美的夜空
诺谷小龙王
刚刚回到大地上
又挥舞着神奇的金棍棒
在平坦无边的苍茫大地
扫起了连绵起伏的群峰
扫出了大平原
扫开了出水口
然后,又一把抓起
粘贴在腿上的泥巴
精心塑造了五个
神通广大的仙人
然后啊,站立在
那五个仙人面前
下令四人分管东南西北
下令一人主管天地正中

神勇而舍生忘死的
诺谷小龙王
接着抓起粘贴在
手臂上的泥巴
塑造了一群独眼人
最后站在一座高峰上

把这群刚塑造好的独眼人
召集到高山脚下的平坝里
分成了五个种群
下令汉人居住在平坝
下令哈尼居住在林边
下令阿佤居住在山头
下令彝人居住在山梁
下令傣家居住在河谷
接着，诺谷小龙王
忍受着全身钻心的剧痛
拔下一把身上的羽毛
做成千万只飞禽
放飞在浩瀚无边的天空
撕下一片腿上的皮肉
做成千万只走兽
投放在广阔无垠的森林
于是，世间的独眼人
在苍茫荒芜的大地上
代代，相传
生生，不息

第二章
娥玛峨龙两姐弟
遵从天意结夫妻

从此以后，苍茫的世界
在小龙王诺谷的统治下
变得和平、安宁、友善
人类像一家人和睦相处
阳光下，到处欢歌笑语
男人们都是勇敢的猎人
女人们都是勤劳的主妇
森林里，鸟儿成双结对
它们那优美动听的歌声
仿佛撒落在大地的星光
闪烁在每一双清澈的眼睛里
高山上到处百兽飞跑
把荒郊野岭踏成乐园
把悠悠岁月跳成情歌
友谊融化在风雨中
人与自然和谐共处

目光所及的地方
鸟儿披着五彩云霞
日夜飞翔在蓝天上
走兽成群你追我赶
出没于宁静的山野
花丛中，彩蝶舞翩跹
溪流里，鱼儿戏清波
山寨、炊烟、古井
斜阳下金色的土掌房
夜色中篝火熊熊燃烧
守家的女人，生儿育女
狩猎的男人，耕种护家
已经驯养成功的野山狗
在吠叫声中向世界宣告
人类是统治大地的主人
美好生活已经到来
独眼人脸上
盛开着欢笑
牧归的牛羊
眷恋着夕阳
通幽的曲径
弥漫着绿茵
人世间，一派如梦如幻
更使人类值得骄傲的是

阿普笃慕

A PU DU MU

这时候，世间独眼人
已经走出历史的愚昧
他们分清了是与非
他们辨明了善与恶

贤明的诺谷小龙王啊
根据人类生活的特点
制定出了一整套
赏罚分明的法律
规定世间的人类
头人的财产分三份
一份用作为民办事
一份用作普及法律
一份用作救济穷苦
平民的财产分两份
一份用作赡养老人
一份用作养儿育女

这样平静的日子
转眼过去一百年
一百年后啊
诺谷功德圆满已化神
诺谷化神离开俗世后
世界次序突然变了样

第二章

统治君王昏庸无道
朝中权臣乱政胡为
诺谷制定下来的
那些严明的法律
就像秋风里的枯叶
被肆意妄为的当权者
粗暴地践踏在脚下
形同一纸空文
原来人类聚居的山寨
变成虎狼横行的旷野
穷苦人家的妻女
被富人强行霸占
穷苦人家的牲畜
被盗贼任意抢夺
人世间分不清长幼
分不清男婚与女嫁
生儿认不出父亲
生女认不准母亲
男女群居洞穴里
淫威就像爬虫,钻进了
每个野蛮男人的心里
为了强行霸占女人
他们整天争强好斗
把生命视作草芥

阿普笃慕
A PU DU MU

虚荣就像毒草，腐蚀了
每个无耻女人的心灵
为了迷惑争宠男人
她们整天淫荡成性
把美貌当作了画皮

可怜的人类啊
忘记了祭天的日子
忘记了拜地的时间
忘记了人死送上山
忘记了生病采药医
鸟儿不再快乐啼唱
走兽不再出没山野
鲜花不再遍地开放
山寨不再炊烟袅袅
祖宗的坟前，野草丛生
邪恶似幽灵，来回游荡
白天，感到恐惧的太阳
躲进了乌云背后
夜晚，感到羞耻的月亮
被天狗吃得残缺
大地，沉入死寂
岁月，陷入绝境

第二章

就在这时候
人们终于看见了
突然来到人世间
主宰宇宙万物的
天神恩古子
面对着狼狈为奸
不知廉耻，犹如禽兽
已经完全失去人性的
君王官吏，普通愚民
天神恩古子
悲愤难忍，怒气冲天
无可奈何地说
如今生活在地上的人类
已经虎狼成性
失去了做人的
尊严、礼仪、道德
是到了改朝换代的时候
你们这群只有人的躯壳
丧失了人的思想的男女
要埋葬在黑暗的地层里
你们不要怨恨我
不要感到丝毫的委屈
你们今天的命运
全是你们自己造成的

阿普笃慕
A PU DU MU

我现在只恨我自己
为什么直到今天才知道
你们早已从善良文明
充满智慧美德的人类
变成了一群
在这个世界上
最粗野和丑陋的动物

于是，天神恩古子
毅然返回到天宫里
召集天朝各路神仙
一起来商量如何去惩罚
地上这些禽兽不如的人类
天神终于做出了决定
降旨天臣三生若
亲自下凡到人间
用神力无穷的银锄
立即关闭生冲大海
那四道诺谷小龙王
亲自打开的出水口

天臣三生若
遵从天神恩古子的旨意
骑上羽长十二丈的黑神龙

迅速下凡来到了人世间
天臣站在最高的山峰上
挥舞着银光闪烁的巨锄
关闭了生冲大海边
四道汹涌的出水口
顿时，整个人世间
黑暗如毯遮天蔽日
太阳不敢再放射出
永恒而明媚的光明
月亮已经失去了
普照大地的银辉
浩瀚的宇宙，仿佛
捅了个巨大的漏洞
接着，七七四十九天
电闪雷鸣过去后
漆黑一团的大地上
倾盆大雨从天而降

倾盆而降的大雨
从早晨下到黄昏
从夜晚下到黎明
密集的暴雨
呼啸的狂风
肆虐着世间的万物

阿普笃慕

A PU DU MU

同时啊,还有那
撕裂天空的雷声
带着刺眼的闪电
把恐怖散布在每个角落
大地不停颤抖
天空已经变形
弱小的生灵
在疯狂逃命
人类携老带幼
一群群蜂拥着
爬上高山之顶

这场罕见的暴雨啊
整整下了七天七夜
七天七夜后
雨停了,风静了
闪电和雷鸣
终于逃遁得无影无踪
可是啊,人世间
已经再也看不见
一座山峰,一棵大树
一只飞鸟,一朵云彩
整个大地,变成汪洋
整个世界,沉入黑暗

第二章

这时候，人世间
唯一剩下了一对
相依为命的姐弟
姐姐名字叫娥玛
弟弟名字叫峨龙
娥玛峨龙两姐弟
从小受苦又受难
历尽人间苦和累
姐弟自从出生后
不知父亲姓和名
依靠母亲一个人
含辛茹苦抚养大
可是啊，姐弟未成年
母亲突然生一场大病
因为家贫请不起医官
生病只有三四天
母亲撒手乘鹤去
两姐弟哭干了眼泪
哭哑了嗓子，只好
草草把母亲安葬在
咕噜本山的峰峦间

话说两姐弟
暴雨滔天后

阿普笃慕
A PU DU MU

仍然活在人世间
其中还有一秘密
原来呀,咕噜本山上
留有天神恩古子
下凡人间的脚印
娥玛峨龙两姐弟
母亲去世那一天
无意之间把母亲
安葬在了那一年
天神恩古子
下凡人间留下的
仙气幽幽脚印里
安葬母亲那一天
饱受磨难的两姐弟
跪在母亲坟墓前
血泪之声哭诉了
母亲一生苦与难
血泪之声哭诉了
亲人母亲去世后
相依为命两姐弟
如何面对今后的生活

神通广大的天神恩古子
听见两姐弟哭诉

第二章

心里顿时生怜悯
交代天臣三生若
今后人间遇到天灾和人祸
一定要想尽一切办法
拯救两姐弟存活在世间

娥玛和峨龙
苦命的两姐弟
母亲在世时
听话又懂事
苦累活计争抢着做
好吃饭菜先敬母亲
路上遇人靠边让
见财不起贪婪心
自从母亲去世后
孤立无援两姐弟
每天早起和晚归
勤苦耕田又种地
日子过得是艰难
然而啊，苦命两姐弟
在平静自然的生活中
从来不诅咒天和地
从来不抱怨人和神
相依为命的两姐弟

阿普笃慕

A PU DU MU

宁愿忍饥和挨饿
不去做那偷盗事

娥玛峨龙两姐弟
心地善良能容人
从来不与别人弄是非
从来不与邻里闹矛盾
心里永远牢记着
母亲临终前叮嘱
那一天，暴雨突降时
两姐弟正在一座
四面悬崖峭壁的大山下耕种
洪水淹没山箐时
两姐弟跑到了悬崖下
洪水淹没山寨时
两姐弟爬上了悬崖顶
两姐弟原来还以为
洪水淹不到悬崖顶
放心坐在崖顶上
等待洪水退去时
可是啊，不曾想到过
整整七天熬过去
带着的食物已吃光
洪水还是没有退去的迹象

第二章

饥肠辘辘的两姐妹
只能依靠被洪水撵到身边来
正在拼命四处逃窜的小动物
还有那平时食用过的山野菜
胡乱充饥度过恐怖的日夜

巨浪滔天的洪水
九天九夜又过去
依然没有一点退去的迹象
依然还在不停地呼啸着
翻卷着凶猛的巨浪漫上来
淹没了高耸云天的山峰
淹没了千年不朽的大树
眼看着就要淹没崖顶了
两姐弟束手无策
两姐弟抱头痛哭
一边虔诚地祈求
苍天施恩救小命
一边呼唤母亲在天之灵
保佑一双儿女劫后余生
就在苦命的两姐弟
陷入最后的绝望时
波涛中突现一条巨大的鱼
大鱼啊，径直游到姐弟前

阿普笃慕
A PU DU MU

眼神示意两姐弟
快快爬到鱼背上
逃离险境求生存
两姐弟连忙手牵手
爬上了大鱼黑脊背

姐弟终于绝处逢了生
不过啊,两人并不知
这是天臣三生若
特意奉旨来拯救
三生若深知,此时此刻
姐弟生命危在旦夕
如果不再出手去相救
已经来不及,因此啊
只好变成大鱼救姐弟
要说感谢话,姐弟两个人
应该感谢三生若
更要感谢恩古子

绝处逢生两姐弟
骑着大鱼在飘荡
洪水涨到大地上
最高那座山峰时
大鱼游到那座山峰顶

洪水涨到苍茫云海时
大鱼游到苍茫云海上
洪水涨到月宫前
大鱼游到月宫门
娥玛和峨龙
小心走下大鱼背
一前一后进月宫
先拜嫦娥三个头
然后爬上桂花树
眼巴巴地期待着
洪水退去那一天

可是啊,这一等
整整等了九天又九夜
在这漫长的九天九夜里
娥玛峨龙两姐弟
时刻都在哭泣着
不管白天与黑夜
他们悲伤的哭声
就像那流浪的山风
飘荡在浩瀚的天宇里
飘荡在寂静的月宫中
就像那落单的鸟儿
寻找不到回家的道路

阿普笃慕

A PU DU MU

寻找不到救命的恩人
两姐弟的哭声啊
终于惊动了天宫

天神恩古子
一时忘记了
曾经再三叮嘱过
天臣三生若
无论遇到天灾和人祸
都要拯救两姐弟的话
所以感到很奇怪
开口便问三生若
地面上的那些人
不是已经全都被淹死
怎么还有人的哭泣声
一阵一阵传进天宫里

天臣三生若
如实回答说
现在地面上,会飞的鸟
会跑的兽,会叫的虫
还有贪官和污吏
还有盗贼和财主
还有心比蛇蝎还狠毒的人

第二章

全都被滔天的洪水淹死了
统治宇宙的天神啊
请让我来告诉你
现在已经只剩下
你曾经叮嘱过臣下
人世间遇到天灾人祸时
要尽一切办法来挽救的
娥玛峨龙两姐弟
现在传进天宫里的恸哭声
就是那对苦命的两姐弟

天神恩古子
终于恍然大悟
马上降旨天臣三生若
快快骑上你的黑神龙
悄悄下凡去人间
打开生冲大海四道出水口
驱散开遮住阳光的黑乌云
让太阳放射出灿烂的光芒
让月亮放射出如水的银色

天臣三生若
领旨下凡人世间
急急忙忙去打开

阿普笃慕

A PU DU MU

生冲大海四道出水口
海水奔涌三天三夜后
曾经涨满大地的洪水
最终流得干干又净净
然后啊,天臣三生若
用自己坐骑黑神龙的翅膀
平地扇起一阵阵大风
吹散了覆盖天空的黑云

从此啊,无边天宇里
终于又一次出现
光芒四射的太阳
夜空中又一次出现
银光闪烁的月亮
随着滔天洪水的退去
娥玛峨龙两姐弟
安全骑着大黑鱼
飘飘摇摇回到了
已是面目全非的人间

面对着变成一片狼藉的家园
面对着没有一个生灵的世界
两姐弟除了恸哭,还是恸哭
他们的哭声在空旷的大地上

久久地回荡，唤醒了森林
唤醒了深箐里潺潺的溪流
就在两姐弟的哭声中
枯败的草木开始苏醒
光秃的树枝开始发芽
流浪的石头开始回归
时间过去一天又一天
绿叶在风中跳起了舞
青草的尖头上悬满了
串串晶莹透亮的露珠
荒野上各种走兽成群奔跑
森林里万千飞禽自由啼唱
鲜花已经遍地开放
大地终于春风化雨

可是娥玛和峨龙
却再也寻找不见
曾经居住的山寨
曾经熟悉的风景
还有起伏绵延的山峦
还有湍急奔腾的河流
还有纵横林立的险崖
可怜天下两姐弟
十天走了千里路

阿普笃慕

A PU DU MU

走过千山和万水
走过空旷的平原和沙漠
始终听不见一声
熟悉的鸡鸣和狗吠
百天走了万里路
看不见一个人影
看不见一缕炊烟
可怜天下两姐弟
最后只好落脚在
一片沉寂的森林里
走投无路的两姐弟
只好用那天臣三生若
特意留给他们的砍刀
砍倒几棵青松树
盖起一所简易的茅草屋
当作遮风避雨的住所
没有火种,寻来的食物
只能生吃和活吞
没有衣服,剥下的树皮
无法保暖和御寒
从小聪明伶俐的峨龙
用砍刀砍开大石头
刀石撞击出火星
首先点燃金黄的松毛

然后点燃捡来的柴薪
生起一堆不息的火种

从此,娥玛娥龙两姐弟
拥有了生活的火种后
食物不再生吃和活吞
身体不再寒冷而颤抖
然后,娥玛娥龙两姐弟
拿出石缝中捡到的三粒稻谷
开荒种地,开始了新的生产
可是啊,三粒稻谷播下去
来年收获只能留种子
不知到了何年与何月
粮食才够吃上一整年
娥玛娥龙啊
苦命两姐弟
白天上山挖野菜
夜晚坐在火塘边
烧烤野菜来充饥
填饱肚皮度苦日

这样的日子已艰难
一个难题又出现
如今人世间只剩两姐弟

阿普笃慕

A PU DU MU

姐姐无男来迎娶
弟弟无女前来嫁
想到如此活下去
人间总有一天要绝种
无论如何还得想办法
人类繁衍下去是首要

这几天,黑夜降临后
两姐弟只好闭上双眼
背靠背,各自想心事
思考着如何繁衍后代
如何才能传承新人类
苦思冥想三天又三夜
还是姐姐首先开了口
明天太阳升起时
我们姐弟两个人
各自带着一扇圆石磨
分别爬上对面两山峰
同时都把两扇圆石磨
要从山顶滚到深箐里
如若两扇石磨没有合一起
我们姐弟两个就结为夫妻
如若两扇石磨没有合一起
这是天意安排人类该绝种

弟弟峨龙反复想了又想
心里虽然一万个不情愿
但是已经没有其他好办法
只好点头表示了同意

第二天，一早起床后
姐弟两个各自背着
一扇已经拆开的圆石磨
爬上两座面对面的山峰
太阳升上山顶时
同时分别从两座山峰上
把两扇石磨滚进深箐里
然后啊，心事重重走下山
犹犹豫豫同时去查看
两扇石磨是否合拢在一起

天意难违呀，姐弟两个人
来到深箐里，一眼便看见
两扇石磨已经合拢在一起
姐弟两个人，心跳又吃惊
为了证明确实是天意
姐弟两个人，经过商量后
只好再次拿着两簸箕
分别爬上对面两山峰

同时滚进深深的箐里
下山查看时,两扇圆簸箕
又是严严实实合拢在一起

天意不敢去违背
娥玛峨龙两姐弟
为了人类继续传宗与接代
跪拜天地后,从此结夫妻

娥玛和峨龙
姐弟两个从此做夫妻
虽然有违人间德与俗
可是天意既如此
姐弟不得不去服从
娥玛操持家务事
峨龙耕种又狩猎
每月初一这一天
拿出兽肉祭天地
每月十五这一天
点燃火把祭祖先
日子过得快,转眼间
生下十二儿和十二女
人丁兴旺,家畜成群
开荒造田近百亩

楼上堆满了吃不完的粮食
梁上挂满串串风干的兽肉
树大要分枝，儿女长大后
一户分成二十四
转眼过去百余年
一个小山寨，已经发展成
十几个遍布大地的山寨群

娥玛峨龙两夫妻
恩恩爱爱百年后
终于被天神把灵魂
一起接到了天堂里
成了天上两神仙
后代儿孙们
把他们的躯体
埋葬在了古老的山寨里
每天每夜都在用山歌来纪念
每年一次用牛羊猪鸡来祭祀
敲锣打鼓呼唤他们的魂灵
点燃火把照亮天空和大地

第三章
天臣查访笃阿慕
倾心交谈获天佑

娥玛峨龙去世升天百年后
天下人世间又混乱成一片
人们混淆是非，善恶不分
杀人放火，不管白天黑夜
就像狼群一样游荡在人间
贪得无厌人，灵魂和脑海
爬满了邪恶和阴谋的蛆虫
野蛮淫乱人，失去了人性
整天到处去追逐和争夺
那些弱势人家的妻女
如此颠倒是非的年代
人的良知变成了粪土
野蛮像乌云，笼罩着人间
人类好传统，无人来继承
儿女不知道孝敬父母
父母不懂得教育儿女

第三章

长在身上的双手不做活
肥沃的田地放荒养蚂蚱
孩子出生母亲不喂奶
母亲去世儿女不安葬
长到十岁时,贼心像野草
长到二十岁,到处打砸抢
长到三十岁,变成大恶霸
在这个颠倒是非的年代里
识文断字,身份高贵的毕摩
已经不再受尊敬和爱戴
人死不再诵经书
亡灵飘荡在荒郊野岭
财主贪官相勾结
狼狈为奸甘愿成一类
人世间的婚和姻
已经名存而实亡
所有男女像野兽
不知廉耻与羞愧

就在这个年代里
人间出现四国王
第一国王叫先独
第二国王除省厄
第三国王为农塔

第四国王黑阿戈
四个王国啊,各霸一方天
每个王宫里,到处都堆满
金银和珠宝,到处都可见
美女和奴仆,贪官和污吏
粮食吃不尽,衣服穿不完
这样混淆是非的年代
整整持续了三十六世
三十六世后,天神恩古子
还有地神黑夺方,又一次
下定决心重新整治人世间
天神地神经过认真商量后
一致决定降下一场大暴雨
再来一次洪水滔天淹大地

天神恩古子
说出此计划
天臣三生若
开始就反对
三生若呵三生若
无论如何不相信
这时候的人世间
真的没有一个善良人
倘若还有一个善良人

第三章

一起跟着恶人被淹死
至高无上天神恩古子
恶名将会流传万千年

于是啊,天臣三生若
背着天神自作主张
悄悄骑上长翅黑神龙
再次下凡到人世间

细心精明天臣三生若
首先来到先独国王家
然后找来除省厄国王
接着传唤农塔国王
还有那黑阿戈国王

四个狼狈为奸的恶国王
没等天臣三生若先开口
异口同声质问道
请问天臣三生若
今天下凡人世间
到底何事来相干

天臣三生若
心知肚明四国王

阿普笃慕
A PU DU MU

作恶多端已多年
必须想个好计谋
才能探出真罪恶
镇定自若三生若
装腔作势回答说
现在啊,天神恩古子
那匹腾云驾雾的龙马
一骑上去断骨又折腰
那只美如冠玉的仙鹤
一飞起来羽毛就掉光
要想治好龙马与仙鹤
需要人间国王来帮忙
因为啊,只有用人血
才能接好龙马的脊骨
因为啊,只有用人肉
才能保住仙鹤的羽毛
现在你们来回答
这事到底如何办

四个自以为是恶国王
毫不犹豫齐声回答说
我们拥有遍地的牛羊
我们拥有满仓的粮食
还有那穿不完的衣裳

第三章

这些都是人间的珍宝
不是你们天神的财富
明确告诉你们吧
我们拥有的财富
永远都是我们的
别说要什么人血
一滴人尿都没有
别说要什么人肉
一点人屎都没有

天臣三生若
原本只是想试探
四个国王的良知到底如何
是否就像天神所说的那样
已经到了恶贯满盈的地步
不曾想到现在的人类
就连他们的国王
都对天神已经大不敬
早已不放在眼里
可想而知啊
这么多年来
四个作恶多端的国王
是如何教化自己的臣民

阿普笃慕
A PU DU MU

天臣三生若
不想多说一句话
骑上长翅黑神龙
又在人世间
明察秋毫整三天
这一天，太阳刚露脸
一群流离失所的苦命人
告诉天臣三生若
他们一路奔波朝前走
是去投靠一个好心人
这人名叫笃阿慕
男女老幼都称他
英雄阿普笃阿慕
阿普笃慕这个人
疾恶如仇是本性
勇敢无畏守家园
心地善良人人夸
尊老爱幼美名扬

天臣三生若
骑上长翅黑神龙
一路欢喜来到了
阿普笃慕居住的地方
那是个山峰连绵起伏

第三章

苍天的大树迎风飘扬
五彩云霞日夜满天飞
成群的牛羊坡上跑
无数蘑菇似的草房
散布在青山绿水间
名叫咪奶鲁祖年的好地方

忠心耿耿的天臣三生若
早在从天庭悄然下凡前
就曾听说过如今人世间
四个国王的残暴统治下
唯有一个正直人
凭着神勇敢于去反抗
敢于为受尽苦难的人
主持公道和正义
现在终于才明白
这人就是阿普笃阿慕

这时候的阿普笃阿慕
年纪已经一百二十岁
然而他那壮实的身躯
依然似一棵长青的松柏
两道目光犹如熊熊燃烧的火炬
宽阔的额头日夜都在闪烁着

阿普笃慕

A PU DU MU

充满智慧的光芒
高挺坚实的鼻梁
仿佛一道雄峻的山梁子

这一天，阿普笃阿慕
牵着一匹全身金黄色的神马
赶着一条四肢壮如柱石的牛
正在去一座大山里犁田耕地
当他一眼便看见
突然来到面前的陌生人
心里不免感到很奇怪
相互询问后，终于才得知
站立在面前，气宇轩昂的
就是天臣三生若
于是，阿普笃阿慕
马上停住匆忙的脚步
非常礼貌询问三生若
天臣啊，今天你下凡来造访
我的家乡咪奶鲁祖年
我想肯定有事来相告
我是笃阿慕，心直口快人
有事请你直接说
天神地神我尊重
穷苦人家我不欺

第三章

只是痛恨那些贪官和污吏
还有丧失人性的恶棍
要说隐情话，笃阿慕我啊
一心想除人间恶
无奈身单又力薄
人心都被污与染
仰天长叹徒悲伤

天臣三生若
神情镇定又自若
两眼直视笃阿慕
开口重复说一遍
曾当四个国王面
已经说过的两个小问题
聪明睿智的阿普笃阿慕
听了三生若的话
没有当面来回答
沉思一会儿
松开牵牛手
骑上身边马
引着天臣三生若
一路回到了家

尊崇礼仪笃阿慕

· 53 ·

阿普笃慕
A PU DU MU

首先端来一碗水
敬请天臣解疲劳
接着抬出一石凳
恭请天臣坐下来休息
然后牵出山羊去宰杀
然后拿出喷香的陈酒
用人间最高贵的礼仪
热情接待天臣三生若

聪明谦虚的笃阿慕
不愧人间的好男儿
敬上三碗美酒后
开口回答天臣话
请用我的鼻血去接好
天神宝贵龙马的脊骨
请用我的腿肉去治好
天神美丽仙鹤的羽毛

听了阿普笃阿慕
发自肺腑真心话
心花怒放天臣三生若
满脸绽放灿烂的笑容
起身回敬一碗酒
心满意足道出了真情

第三章

天神恩古子

那匹神龙马

日行千里不疲倦

不用人血接脊骨

天神恩古子

那只美仙鹤

日飞万里还轻松

不用人肉治羽毛

只因天神恩古子

听说如今人世间

是非善恶分不清

已经没有一个善良人

地神黑夺方

上天建议发大水

淹死这帮丧失人性的人类

我才悄悄来到人世间

细心查看是否还有个

品德高尚，心地善良

爱憎分明，疾恶如仇

可以留在人间的好人

现在，经过几天的查访

我已经了解人间的一切

我就给你留下一句话

你要好好记住这句话

阿普笃慕
A PU DU MU

心里只有邪恶人
将来总会有一天
深深埋在水底下
心里充满善良人
将来还会有机会
继续活在人世间

第四章
天臣用计巧安排
滔天洪水除恶人

天神和地神
统治天地两神仙
他们说出的话
犹如撕裂天空的闪电
他们已经决定的事
永远不会再改变
降下暴雨淹大地
时间一到就开始

天臣三生若
遵从天神的旨意
赶在暴雨降临前
再次来到人世间
做好精心的安排
首先告诉四国王
洪水到来的时间

阿普笃慕
A PU DU MU

然后分别作交代
告知先独与除省厄
挥金如土的两国王
必须打制一口金棺材
才能躲过滔天的洪水
告知农塔与黑阿戈
臭名昭著的两国王
必须打制一口银棺材
才能逃出灭顶的洪灾

然后啊,天臣三生若
找来四个国王的手下
那些狐假虎威的大臣
告诉他们灾难即将就到来
马上转告他们管辖的官吏
那些图财害命的人
那些欺男霸女的人
都要打制一口铁棺材
才能躲过滔天的山洪

天臣三生若
最后来到咪奶鲁祖年
单独找到阿普笃阿慕
诚心诚意告诉他

第四章

一场不可避免的灾难
就要降临到人间
请他务必提前准备好
一口用椿木做成的大棺材
然后找来石崖上的大黑蜂
然后找来树洞里的大黄蜂
然后找来草丛中的葫芦蜂
然后找来地窝里的金土蜂
最后再把四种蜂蜡熬成漆
细心涂在那口椿木棺材上
同时准备好几个月的食物
装进那做好的椿木棺材里

天臣三生若
临别时候再叮嘱
阿普笃阿慕
人世间里好心人
今天之后十九天
天空将降大暴雨
暴雨连降几个月
大地漆黑如木炭
此后洪水就要起
淹没整个人世间
你要赶在暴雨来临前

阿普笃慕

A PU DU MU

稳稳当当住进椿棺里

交代完一切
需要注意事
天臣三生若
骑上长翅黑神龙
腾云驾雾返天宫

送走天臣三生若
阿普笃阿慕
独自居住在
小小山寨里
开始精心来打造
一口香椿木棺材
首先走进大深箐
寻得千年香椿树
挥舞大斧砍倒后
十尺一裁锯成段
然后破开成大板
一块一块扛回家

整整用了十一天
椿木棺材才做好
十二天后大风起

第四章

知道暴雨将到来
这时候，阿普笃阿慕
忘了吃饭和睡觉
跋山涉水找蜂巢
夜以继日熬蜂蜡
时间到了十八天
借着星光和月色
蜂蜡油漆涂椿棺
到了十九天
一早，黑云涌满了头顶天
时间还不过一个时辰啊
天地混沌分不清东西和南北
所幸的是，这时候
几个月的食和物
已经打包装进椿棺里

天神恩古子
说出话来一言九鼎
永远不可能再改变
十八个黑夜已过去
十九个黎明已到来
神威浩荡恩古子
下令天臣三生若
立即骑上黑神龙

阿普笃慕

A PU DU MU

取回高悬在天宇里的太阳
收起高挂在夜空中的月亮
然后释放出囚禁在
天洞里的四条巨龙
派遣四巨龙施展浑身解数
飞舞在漆黑一团的天空中

四条囚禁已久的巨龙啊
在失去自由几百年之后
如今又重新获得了自由
自由飞翔的四条巨龙
放出天洞半个时辰后
就把整个天宇绕成了龙网
它们携带着四阵足以扫荡
所有山峰和深箐的狂风
它们口含着四股足以灌满
所有海洋和大地的雨水
它们抖动着金黄色的鳞甲
在苍茫大地的上空
发出震耳欲聋的惊雷
一道道刺眼的闪电啊
拼尽老命撕扯开
漆黑混浊的天空
四张龙嘴张开后

第四章

鹅卵大小的冰雹
首先砸向了阴沉的大地
四条龙尾一摆动
犹如倾盆大暴雨
降落在一片混乱的人世间
无情的冰雹和大暴雨啊
不停地下了一天又一天
不停地下了一夜又一夜
整整下了十天又十夜
整个大地终于陷入了
那波涛滚滚的洪水中

四条巨龙还不满足
频频使出更加凶狠的招数
连续兴风作浪
七七四十九天

直到这时候
天神恩古子
终于感觉到
现在已经是到了
结束惩罚的时候
于是，当机立断
下旨天臣三生若

阿普笃慕

A PU DU MU

赶快收回那四条
狂野成性的巨龙

四条巨龙已收回
洪水一时退不了
无边无际的洪水
淹没了大地上所有的山寨
淹没了所有的森林和峡谷
淹没了一座座巍峨的山峰
时间过去五天后
那波涛滚滚的洪水
还是呼啸着漫到了
看得见天宫的地方
滔天的巨浪摇晃着天宇
恐怖的呼啸回荡在天际
大地上所有的飞禽走兽
人世间所有的大小生灵
都淹死在无边的黑暗中

再来说说四个恶国王
首先要说坐在金棺里
自以为安然无恙的
两个挥金如土的国王
等到他们突然感觉到

第四章

安安稳稳坐在金棺里
好像有些不对头
刚想开口喊救命
已被洪水卷入深渊里
然后再说坐在银棺里
满脸得意扬扬的
两个臭名昭著的国王
当他们突然感觉到
洪水快要淹没了王宫
银棺纹丝不动的时候
两个只顾自己的国王
来不及看上一眼
昔日醉死梦生的王宫
就被滚滚洪水所吞噬
最后说说坐在铁棺里
还在做着发财美梦的
那群丧尽天良的恶人
当他们发现沉重的铁棺
根本无法漂浮在水面的时候
就带着充满罪恶的灵魂
顷刻间全都沉入了
浊浪滔天的洪水中
这帮已经丧失了人性
不知廉耻，老幼不分

阿普笃慕

A PU DU MU

男女乱伦,猪狗不如
脑袋里充满兽欲的人
从此消失在了大地上

听见已经漫到天宫底
滔天巨浪久久在喧哗
天神恩古子
知道事情变得已严重
急忙降旨天臣三生若
马上下凡去打开
天边四道出水口
不然啊,不但大地被淹没
天宫也要遭大殃

四道出水口
已经被打开
可是洪水退得实在慢
整整七七四十九天后
滔天洪水才退去
洪水终于退去后
一片死寂的大地
到处弥漫着冲天的恶臭
一眼望过去,不见一生灵
一眼望过去,满目是疮痍

第四章

天神恩古子，生出怜悯心
在和地神商量后
放出九个金太阳
放出八个银月亮
希望以此来改变
已经不忍目睹的人间

从此啊，重获新生的大地
在九个太阳的光辉普照下
花草树木开始到处发芽
徐徐春风吹遍高山峡谷
在八个月亮的银光抚摸下
大地上的山峰与虫儿
开始苏醒在朗朗月光下
洪水中滚落深谷的石头
各自找到了原来的家园
守卫在一道道山梁上
万千虫儿在展翅纷飞
飞过阳光闪烁的草地
飞过野果飘香的丛林
它们在用微弱的声音
与曾经死寂的大地对话
它们在用小小的翼翅
迎来新生命最初的曙光

阿普笃慕
A PU DU MU

第五章
劫后余生笃阿慕
归宿福地堂狼山

现在回头再叙述
躲在椿木棺材里
漫天洪波巨浪上
惊心动魄漂荡了
整整七七四十九天的
阿普笃阿慕
逃过万劫不复的灾难
这是天神保佑的结果
可是啊，洪水退去后
椿木棺材坠落大地时
如果没有安全的保障
人和椿棺都将玉石俱焚

天神已经来保佑
地神此时也出面
椿棺没有直接落到地

第五章

一棵巨大的黑梨树
把椿棺挡在了半空中
一棵巨大的接骨树
扶住了椿棺的另一头
茂密的尖刀草啊
轻轻弯下腰身来
小心翼翼把棺放在地
椿棺没有撞在巨石上
椿棺没有陷落淤泥里
椿棺没有悬在险崖头
椿棺没有掉进岩洞里
椿棺没有滚落深箐中

阿普笃阿慕
九死一生命不绝
爬出椿木棺材后
双膝跪在大地上
仰面朝天发了誓
从今以后啊
笃慕我一生
无论在哪里
无论在何时
只要还有一口气
一定把那黑梨树

阿普笃慕

A PU DU MU

当作神中之神来祭拜
一定把那接骨树
当作救命恩人来纪念
一定把那尖刀草
精心织成草衣穿在身
如果哪一天
生育了女儿
一定细心教会她
祭祀祖先的尊严
如果哪一天
生育了儿子
一定请他要铭记
知恩图报的道理

阿普笃阿慕
打开椿棺走出来
双脚刚刚落下地
两眼已经含满泪
阿普笃阿慕
悲喜交集说不出一句话
面对那满目疮痍的大地
面对那没有生灵的世界
他唯有用凄惨的哭嚎声
发泄内心的痛楚和悲伤

第五章

那足以让石头崩裂的哭声
在空寂的旷野里久久飘荡
劫后余生的树木和野草
在微风中陷入深深的哀愁
大难不死的虫儿和野蜂
在初开的天光里沉默不语

可怜阿普笃阿慕
孤身一人在行走
饥肠辘辘无人问
迷失方向无人引
走遍天涯和海角
再也找不到一处
适合生存的地方
惊天动地恸哭声
虽然就像那浓雾
日夜飘荡在
苍凉空旷的大地上
却始终唤不醒
一双温暖的眼睛
却始终呼不来
一个希望的生灵
原来生存的家园
如今变成一片狼藉

阿普笃慕

A PU DU MU

再也听不见
一阵亲切的狗吠
一声熟悉的鸡鸣
森林变得空荡荡
山峰变得光秃秃
再也看不见
展翅飞翔的鸟儿
撒腿奔跑的兽群
只有那狂野的风
裹挟着成千上万的亡灵
游荡在迷蒙混沌的大地

阿普笃阿慕
历尽千辛万苦后
最后终于找到了
一个可以落脚的地方
此地取名亩阿鲁厄枯
亩阿鲁厄枯是个小地方
坐落在，大鸟难飞越
任何猛兽难爬上
山峰高耸入云的
神秘堂狼山脚下

阿普笃阿慕

第五章

回到地面后
面临的艰难和困苦
其实天臣三生若
早已看在了眼里
早已记在了心上
天生善良天臣三生若
想了一天又一天
如何拯救人类的办法
他知道，如今的人类
只剩一个笃阿慕
无法发展和壮大
若要人类不断根
必须想出办法来
可是啊，知道是这样
想出办法实在难

怜悯心肠三生若
思来想去几天后
终于为孤苦无依的
阿普笃阿慕
想出了一个好办法
人类生存离不开火
火会带来温暖和光明
火会驱赶孤独和寂寞

阿普笃慕

A PU DU MU

所以呀，阿普笃阿慕
首先需要的
就是一火种

于是，天臣三生若
未经请示天神恩古子
悄悄派遣一对天宫里
驱赶黑暗的萤火虫
下凡来到了人世间
两只带着使命的萤火虫
刚刚来到人世间
就用萤光燃起了
一点小小的火星
天臣三生若
然后派遣了一对
天宫里的花蝴蝶
下凡来到人世间
两只美丽的蝴蝶
凭借萤火的星光
用那小小的翅膀
煽起一片火焰来
从此大地有了生机
从此人类有了星火
人世间，又一次拥有了

第五章

取之不尽的温暖和光明

可是啊,阿普笃阿慕
还是找不到可烧的柴火
还是找不着可吃的食物
每天,拖着疲惫的身躯
借着萤光,到处在奔走
这一天,他来到了一个
土地发光,天空赤红
万籁俱寂的地方
就在他想闭上双眼
休息一会儿的时候
一群绿色的大鸟
突然出现在头顶
这群大鸟啊
不知何处来
不知预报着吉祥
还是暗示着灾祸
就在阿普笃阿慕
疑惑不解的时候
这群绿色的大鸟
齐声啼唱着一支
仿佛来自天籁的歌曲
然后一路飞到了一个

· 75 ·

阿普笃慕 A PU DU MU

名叫亩阿呆的大森林
这群绿色的大鸟啊
齐心协力,团结一心
首先用那锋利的爪子
从森林里带回可烧的柴火
然后用那弯弯的尖啄
从山箐里叼回可食的野味
就在笃阿慕的故乡
点燃起一堆
火焰冲天的大火
火光照亮了幽暗的森林
火光映红了简陋的茅屋
火光撕开了沉闷的天幕
火光带来了明天的希望

第六章
世间唯一笃阿慕
天神降旨配婚姻

这时候,天神恩古子
看到地面突然升腾起
一片冲天的火焰
感到非常的奇怪
马上传话三生若
满怀疑惑询问道
地面上所有的生灵
都已经被滔天洪水
淹死得干干净净了
为何还有冲天的火焰
还在不断地升腾起来
你可知道这是为什么

心怀慈悲三生若
面对天神的询问
只好如实来相告

阿普笃慕

神力无边的天神啊
这次降下滔天的暴雨
确实淹死了，地面上
所有长手脚，长翅膀
长尖角，长尾巴，长利爪
有眼睛，有嘴巴，有耳朵
有鼻子，有头发的生灵
但是啊，你也知道的
地面上还剩下了一个
心地善良，勤劳勇敢
名叫阿普笃阿慕的人
笃慕这个人，坐在椿棺里
漂浮在洪峰浪尖上
整整七七四十九天后
历经难以言说的艰辛
现在已经回到了地面
除了笃阿慕，洪水退去后
同时还剩下了一只
会唱动听山歌的鹭鸶
大慈大悲的天神啊
人间的是非和善恶
唯有你看得最清楚
当初降下暴雨前
经过你的同意后

第六章

我才提前告知笃阿慕
惩罚人间邪恶的暴雨
何时将会降临到人间
请他赶在洪水到来前
做好椿木棺材来逃生
至高无上的天神啊
这个阿普笃阿慕
确实是个好心人
洪水到来之前啊
自己收获的五谷杂粮
愿意送给饥饿人
自己艰辛猎获的野物
愿意分发穷苦人
从来不曾忘记过
每天早晚吃饭前
都要首先祭拜天和地
还有这只会唱歌的鹭鸶
每当学会了一首新歌曲
都要首先唱给天神和地神
虽然你在天宫里
鹭鸶歌唱听不见
但你应该知道它的心
对你是如此的虔诚
所以啊，他们才获得

阿普笃慕

A PU DU MU

天神你的保佑和祝福
他们才没有在这场
滔天的洪水中淹死
他们脆弱的小生命
也才得以幸存下来
你现在看见冲天的火焰
就是鹭鸶化作一大群
绿色的大鸟所点燃

洞察一切天神恩古子
听完三生若的一席话
高兴得神采飞扬
立即招呼天臣朝前坐
一起商量人间事
我的贤臣三生若
大家都知道你是个
一生小心、谨慎
而且非常诚实的大臣
刚才听了你的一席话
我也已经感觉到
现在地面上的人世间
所有生灵已毁灭
大地上唯独只剩下
孤立无依的一个人

第六章

他就是阿普笃阿慕
你我都知道
这是个难得的好人
可是如今啊
大地上的邪恶人
虽然已经被清除
要想繁衍新人类
还得想个好办法

天臣三生若
镇定自若回答道
我们至高无上的天神
你的威望就像云彩
飘满了整个宇宙
你的声音就像雷鸣
震慑着苍茫大地
你的思想就像阳光
普照着天地万物
若要阿普笃阿慕
再创未来的好人间
你浩荡无边的功德
人类定将永世不忘
所以啊，凭借你的神威
凭着你无穷的智慧和力量

阿普笃慕
A PU DU MU

你一定能够想得出
再创美好人间的好办法

天神恩古子
得到天臣的夸奖
眼睛突然一闪亮
笑容满面开口说
时刻真心实意为人间着想的
天臣三生若啊
你家里不是还有三个
未曾出嫁的妹妹吗
我现在就颁布一道天旨
请你马上转告她们
就让她们三个天仙妹
一起下凡到人间
嫁给阿普笃阿慕
去做阿普笃阿慕
善良体贴的妻子
一心一意为他生儿育女
同心同德繁衍出新人类
下凡以后啊，她们三姐妹
不准再想天上逍遥的日子
不准利用天仙女的身份
欺负凡间的阿普笃阿慕

第六章

一切都要遵从人间的规矩
一切都要履行人间的道德
如若违背了我的旨意
我将按照天庭的法律
给予她们严厉的惩罚

天臣三生若
听了天神话
虽然心里有些舍不得
三个亲妹妹
离开天庭出嫁到人间
可是啊，一想到
如今的人世间
只剩孤立无援笃阿慕
没有一个女人在身边
如何繁衍新人类
因此啊，天臣三生若
不说一句多余话
谢过天神出天宫

天臣三生若
没有回家颁旨三妹妹
他知道，天神的旨意
三个妹妹不敢违

阿普笃慕
A PU DU MU

他得首先去考虑
人间阿普笃阿慕
对于天神如此的安排
有些什么想法和意见
所以呀,一走出天庭
天臣三生若,来到南天门
飞身骑上黑神龙
下凡降临人世间

神龙载着三生若
一头钻进云海里
犹如一道闪电光
时间不到一时辰
稳稳当当降落在
阿普笃慕的故乡
那个只有几间茅草屋
坐落巍巍堂狼山脚下
亩阿鲁厄枯山寨

阿普笃阿慕
一眼看见三生若
心里充满悲和喜
他想啊,天臣突然下凡来
肯定有事要商量

第六章

我得抓住好机会
实事求是向他诉说心中苦
于是啊,不等天臣开尊口
泪流满面诉起苦
天臣啊,洪水滔天前
你们好心提前告诉我
洪水滔天到来时
大地生灵将淹死
让我预先准备好
一个椿木大棺材
逃出死神的魔掌
可是一切你都已看见
洪水滔天过去后
在荒芜苍凉的大地上
唯独剩下笃慕我一人
即使我把眼泪流成河
即使我把悬崖哭崩裂
即使我把山峰都唤醒
即使地上草木全发芽
我又有什么办法
在这片地面上活下去
孤单无助的我啊
如今只能请求你
神通广大的好天臣

阿普笃慕

A PU DU MU

指给我一条生存路

阿普笃阿慕
一边石锅烧开水
一边抹泪再诉苦
天臣三生若
你最了解我
请你耐心听我把话说
如今人世间
仿佛一个大死海
看不见一丝生机
听不到一声呼唤
在这片荒凉的大地上
孤单单笃慕我一个人
别说如何吃和睡
别说亲戚和朋友
生儿育女去靠谁
单树长不成森林
单翅飞不上天空
独脚走不出大门
独手握不住犁把
这是你我都知道的事实
而我这个孤单可怜的人
不知如何才能够

第六章

把这日子过下去

天臣三生若
听了阿普笃阿慕
两次推心置腹话
心想笃慕这个人
虽然身处苦难中
念念不忘人类事
这样无私忘我的好人
洪水滔天留一命
这是天神有慧眼
看来我把三个好妹妹
嫁给他做三妻子
生息繁衍新人类
应该满意和放心

于是天臣三生若
连忙开口安慰道
世间好人笃阿慕
请你不要太伤悲
慈悲为怀的天神恩古子
已经降旨给了我
要把三个天仙女
下凡嫁到人世间

阿普笃慕

A PU DU MU

一起来做你妻子
现在我要告诉你
三个天仙女
是我亲妹妹
待到她们出嫁到人间
我得认真交代你
我的三个天仙妹
从小生长在天宫
刚刚嫁到人世间
生活会有不适应
你要细心照顾好她们

阿普笃阿慕
听说仙女下凡嫁自己
起初还以为，耳朵出毛病
等到确认是真实
竟然一时说不出
一句感谢的话语
扑通一声跪在地
双手合十磕响头
默默向天祈祷说
满怀慈悲的天神啊
洞察一切的天臣啊
请你们一定放心吧

第六章

笃慕我知道
作为人间唯一剩下人
我会珍惜三个天仙妻
好吃的首先给她们吃
好穿的首先给她们穿
今后人类若发展
后代子孙千万辈
都将传颂功德歌

阿普笃阿慕
接着把话说
感激不尽天臣三生若
你为人类能够再繁衍
千方百计想办法
不惜三个天仙妹
下凡屈嫁做我妻
笃慕我明白
千万感激话
不如拿出实际行动来
不过啊，天臣你知道
现在的笃慕
孤苦又伶仃
住的是茅草屋
穿的是树皮衣

阿普笃慕

吃的是山野菜
就像一朵孤单的云
更像一片飘零的叶
有话想说不好说
说出口来怕难听
可是想来又想去
有些实话不说也不行
只能敞开胸怀说出来
现在笃慕我
夜里做的是噩梦
日里想的是无奈
不知三个天仙女
嫁到人世间
能否吃得这般苦

天臣三生若
心知肚明回答说
现在啊,实话告诉你
阿普笃阿慕
我的三个天仙妹
都还不知天神已经降天旨
要把她们一起嫁人间
但是请你放宽心
天神旨意她们不敢违

第六章

天臣哥哥我也得遵旨
我的三个天仙妹
嫁给人间笃阿慕
现在已经成定局
等我回到天庭后
马上颁布天旨给她们
然后择吉日护送到人间
代表天神和父母
茅草房屋作殿堂
天神地神为名义
我来做主万年婚
该说的话现在已说完
请你耐心等待好日子

悲天悯人三生若
飞身骑上黑神龙
转眼回到天庭里
坐下不到一会儿
当着父母双亲面
就向三个天仙妹
颁布了天神下达的天旨
知道这是天神的旨意
父母高高兴兴都答应

阿普笃慕

A PU DU MU

三个天仙妹
听完天旨很吃惊
张开的嘴巴说不出一句话
天堂处处鲜花开
天堂日子美如画
金银珠宝用不完
穿的是绫罗绸缎衣
吃的是山珍与海味
别说吃穿不用愁
从小长大成姑娘
不曾吃过一点苦
不曾受过一丝累
可是如今人世间
自从洪水滔天后
死气沉沉无生机
满目疮痍尽荒芜
嫁到人间后
如何过日子
然而天尊不敢去冒犯
天神旨意难于再更改
只希望，阿普笃阿慕
是个体贴善良好丈夫

天臣三生若

第六章

诚心诚意告诉三仙妹
阿普笃阿慕
从小到大有善心
是个世间难得的好男人
洪水滔天时
天神地神愿意留他命
原因就是他人善
你们下凡人间嫁给他
为的就是繁衍新人类
将来人间千万代后人
不会忘记你们的美名

三个如花似玉天仙妹
听了阿哥一席宽心话
心里不再胡思和乱想

大姐首先开口表了态
虽说人间不如天堂美
可是阿普笃阿慕
确实世间难得好男人
只因邪恶之人害人间
引来滔天的洪水
惩罚虽然已经成过去
却是落得笃慕孤零零

阿普笃慕

A PU DU MU

好在慈悲为怀的天神
念及笃慕善良人
为传人类再发展
降旨我们三姐妹
下凡人间嫁笃慕
既然天神地神看得起
嫁他笃慕不会错

看见大姐表了态
二姐满面笑容接话说
都说独木不成林
都说孤掌拍不响
如今阿普笃阿慕
孤立无依难生存
我们三个好姐妹
下凡人间一起嫁给他
待到人间代代得繁衍
我们名留青史也值得

三妹本是害羞女
如今大姐二姐表了态
也就低头说出心里话
大姐二姐愿意下凡嫁笃慕
小妹怎能拖后腿

第六章

大姐说得合情理

人间哪有天堂美

下凡人间要吃苦

我们姐妹三个都知道

可是啊，可怜笃阿慕

靠他一个大男人

人类如何再繁衍

二姐说得对

独木不成林

孤掌拍不响

我们三姐妹

虽然吃苦不用说

但留美名人世间

得到三个天仙妹

一致同意嫁人间

天臣阿哥三生若

仔细交代三姐妹

快快准备婚嫁事

然后转身走出天宫门

飞身骑上黑神龙

风驰电掣降人间

轻车熟路又来到

阿普笃阿慕家乡

阿普笃慕
A PU DU MU

巍巍堂狼山脚下
亩阿鲁厄枯山寨

第七章
笃慕登天相亲难
天臣摘叶换美颜

就在走出茅屋狩猎前
一眼看见天臣三生若
笃慕心里忐忑又不安
不知三个天仙女
是否答应下凡嫁人间
看着天臣三生若
神态自若，两眼放光
心想带来的该是好消息

不等笃慕先开口
天臣三生若
急急忙忙告诉他
阿普笃阿慕
快快打扫干净你的房屋
快快穿上最好的兽皮衣
有什么吃的全都拿出来

阿普笃慕

A PU DU MU

有什么喝的全都摆上桌
我的三个天仙妹
遵奉天神的旨意
已经梳妆打扮好
现在就在天宫里
等你尽快来迎娶

阿普笃阿慕
仰起粗犷豪放的脸庞
马上擦净满脸的喜泪
首先谢过天神恩古子
尔后又向天臣三生若
道出了自己的担心
天臣啊,好心好意的天臣
你的三个亲妹妹
可是天上最美的仙女
吃惯了山珍与海味
穿惯了绫罗和绸缎
可怜我是地上孤苦人
不知如何才能把她们
体体面面迎娶到人间

天臣三生若
微笑告诉他

第七章

这些困难你不用去忧愁
我已经为你准备好一把
连接天地的云梯
只要你有信心娶回天仙女
只要你有毅力攀登天宫门
还有啊，请你要牢记
我的三个天仙妹
下凡来到人间后
你要真心诚意待她们
寒冬腊月生火穿暖和
播种季节勤快赶时节
出门狩猎要持之以恒
如果这些都做到
我的三个天仙妹
嫁你之后不懊悔

阿普笃阿慕
点头保证一定都做到
然后穿上最好的兽皮衣
带上自制的弓箭和猎刀
全副武装跟着天臣三生若
来到万丈石岩下
登上了连接天地的云梯

阿普笃慕

A PU DU MU

阿普笃阿慕
跟着天臣三生若
开始攀登连接天地的云梯
因为第一次登天
笃慕头晕又目眩
天臣三生若只好等着他
一路慢慢来登攀
最后啊,天臣和笃慕
整整用了七七四十九天的时间
终于攀登到了星光闪烁的天门
来到天门前
阿普笃阿慕
一眼便看见
三个天仙女
犹如三朵花
坐在天门口
正在穿针引线绣花衣
如花似玉三个天仙女
长得实在美如画
阿普笃阿慕
斜瞟一眼心里蹦蹦跳
不敢正眼看过去
不看又想看
不看心更乱

第七章

正眼不看斜眼看

只见三个天仙女

肤如凝脂

面若桃花

蛾眉皓齿

含苞欲放

一眼就能看得出

文静贤淑又善良

她们的柔情蜜意啊

就像初升的旭日

荡漾在灿烂的光芒中

天臣三生若

把那呆如木鸡的笃阿慕

领到她们面前时

天仙三姐妹

礼貌起身站一边

好似三朵含羞的彩霞

低头不敢正视笃阿慕

天臣三生若

开门见山把话说

我的三个天仙妹

你们已被天神恩古子

降下天旨嫁人间

阿普笃慕

A PU DU MU

天神要将你们同时许配给
凡间唯一生存者
阿普笃阿慕
此事你们已经都知道
现在啊，他已经来到了天庭
马上就要把你们娶回到凡间

天仙三姐妹
一起抬头审视了一遍
未来夫君阿普笃阿慕
只见啊，面前这一个
来自凡间的男人
脸庞布满沟壑似的皱纹
耳朵枯燥如深冬的木耳
头发长得像秋天的枯柳
眉毛仿佛那飘落的残云
眼神是兽光
眉宇是剑麻
人是长得像松柏
形象犹如巨猿猴
听他喘气的声音
就会心惊又肉跳
不免心生恐惧感
而且同时也担心

第七章

现在人间只剩他
今后有事找谁去

天仙三姐妹
一起张开双手掌
轻轻捂住娇嫩的脸庞
同时摇头齐声回答说
我们不能嫁给这男人
我们今天要是嫁给他
将来会有吃不尽的苦
天臣阿哥啊
求你千万要想好
不能因为一时的糊涂
就把你的三个亲妹妹
嫁给这个凡间的男人

天臣三生若
面对三个天仙妹
声声苦苦的哀求
心里犹如群蜂在乱飞
经过一番又一番
耐心劝说没效果
只好先让笃阿慕
回到家乡去等待

阿普笃慕

A PU DU MU

自己骑上黑神龙
沿着地神指引的路线
急急忙忙飞到了一座
名叫谷则白的神山上
然后啊,攀岩又走壁
历尽艰辛摘来一小片
滚满晶亮露珠的绿叶
转身匆匆忙忙又回到
阿普笃阿慕家乡
亩阿鲁厄枯山寨

耐心细致天臣三生若
把那一片小小的绿叶
放在掌心揉碎后
抹在笃阿慕脸上
摩擦一遍又一遍
擦到第五遍
阿普笃阿慕
头发黑亮似春天的森林
面容红润如灿烂的桃花
眼睛闪烁出清澈的光芒
鼻梁高挺似险峻的山峰

天臣三生若

第七章

然后拿出来一套
临时从家里取出
自己未曾穿过的
崭新合体绸缎衣
亲手穿在笃阿慕身上
接着拿出一双新丝袜
拿出一双锃亮的金鞋
穿在笃阿慕的双脚上

此时此刻啊
阿普笃阿慕
完全变了样
原来的寒酸不见了
原来的土气不见了
阳光照过来
浑身上下透出英武气
月光照过来
就是一副新婚情郎相
阿普笃阿慕
变成英俊潇洒小伙子
变成温文尔雅好男儿
魁梧的身材挺拔俊美
说话的声音铿锵洪亮
目光如炬，眉宇似峰

· 105 ·

两耳垂肩，双手过膝
左看右看都是王者的相貌

这一天，天臣三生若
重新把那阿普笃阿慕
领到三个天仙妹面前
看着眼前阿普笃阿慕
三个天仙女
眼里终于绽放出
惊喜满意的笑容
笑容闪烁在眼前
笑容闪烁在心里
阿普笃阿慕
心尖悬着的石头
踏踏实实落了地
三个天仙女
终于相互凝视一会儿
点头答应嫁给笃阿慕

于是天臣三生若
骑上黑神龙
阿普笃阿慕
骑着天神陪嫁的
全身碧绿飞龙马

第七章

天仙三姐妹

相互依偎骑仙鹤

一起去答谢

天上众仙人

第八章
嫁至人间三仙女
天臣阿哥亲相送

他们首先来到了
东天门的老虎街
银色的大地毯上
已经摆上了酒席
天神安排的众臣仆
天臣请来的众宫女
一边唱歌和跳舞
一边畅饮着喜酒
一起来祝贺
天仙三姐妹
从此下凡世间为人妻
此时此刻天仙三姐妹
没有一个人的脸面上
带着别离时刻的伤感
没有一个人的眼神里
闪现今后生活的忧虑

第八章

在臣仆宫女的祝福中
三个即将出嫁人间的
天仙三姐妹
满面红光，神采奕奕
一起端着美酒杯
——答谢来宾和贵客
鞠躬以后敬上了喜酒
然后啊，阿普笃阿慕
再次携手天仙三姐妹
答谢四面八方赶过来
祝贺婚礼的各路神仙

虎街喜宴散尽后
天臣三生若
领着阿普笃阿慕
还有三个天仙妹
离开东天门虎街
赶往北天门牛街
他们赶到的时候
红色地毯已铺好
满桌美味佳肴的酒席
也都早已摆放好
请来的宫女和臣仆
看见新郎新娘已来到

阿普笃慕
A PU DU MU

马上唱起了欢乐的歌
马上跳起了优美的舞
年长的来宾和客人
一边开怀畅饮着喜酒
一边尽情欣赏着歌舞
阿普笃阿慕
携手天仙三姐妹
端着美酒走在前
——去答谢
前来祝贺的来宾和客人

离开北天门牛街
匆匆赶往西天门鸡街
他们一起赶到时
已经铺好绣花的地毯
已经摆好可口的酒菜
请来的宫女和臣仆
正在用歌声和舞蹈
向新人表达着
最诚挚的祝福
众人一边畅饮着喜酒
夸赞人间美男笃阿慕
一边交头接耳议论着
三个如花似玉的仙女

第八章

嫁给人间美男笃阿慕
真是天神慧眼配佳人
阿普笃阿慕
携手天仙三姐妹
端着美酒杯
一一去答谢
前来祝贺的来宾和客人

离开西天门鸡街
最后赶往南天门马街
他们一起赶到时
早已铺好黄色的地毯
早已摆上诱人的佳肴
请来的宫女和臣仆
正在欢歌与起舞
年老来宾和客人
正在畅饮着喜酒
众人异口同声夸
三个天仙女
下凡嫁给人间好男人
真是最佳天地相结合
阿普笃阿慕
携手天仙三姐妹
一一去答谢

阿普笃慕

A PU DU MU

前来祝贺的来宾和客人

先先后后答谢完
四道天门四个街
天臣三生若
领着天仙三姐妹
还有阿普笃阿慕
一起来到天臣家
跪拜谢过父母养育恩
然后依依惜别离开家
分别骑着神龙和仙鹤
从天庭腾云驾雾
返回到了人世间
刚刚来到阿普笃阿慕
一片荒凉的家乡
亩阿鲁厄枯山寨
只见啊，上天迎娶天女前
简单布置好的新房大门口
早已挤满天仙三姐妹
那些前来祝贺的伙伴
原来啊，天臣三生若
已经预先邀请好
天上的亲戚和朋友
就在这一天

第八章

一起下凡到人间
参加天仙三姐妹
奉旨下凡去出嫁
阿普笃慕的婚礼

大家得知消息后
都想亲眼去看看
来自人世间的好男儿
阿普笃阿慕
到底长得啥模样
所以他们提前赶到了
笃阿慕的故乡亩阿鲁厄枯
只见啊,眼前这个凡间人
浓眉大眼炯炯有神
魁梧挺拔威风凛凛
礼貌聪慧神采奕奕
更比天上仙人还英俊
更比天上仙人有魅力
相见不过一会儿
已经赢得众仙的好感
赞扬的话语
多如风中的叶子
奔放的热情
好似滚滚的海浪

· 113 ·

阿普笃慕

A PU DU MU

吃过天仙带来的佳肴
喝过天仙带来的美酒
众仙留下一路的祝福
腾云驾雾返回到天上

天臣阿哥三生若
最后嘱咐三个天仙妹
你们三个亲姐妹
原本出生在天庭
从小没有吃过什么苦
从小没有受过什么累
不知道什么是忧愁
不知道什么是困难
现在下凡嫁给笃阿慕
往后日子过得会艰辛
所以啊，请你们切记
现在下凡嫁到人世间
不是来享那清福
不是来做游玩客
你们心里要准备
吃尽苦头受够累
你们共同的责任
是来帮助阿普笃阿慕
在这满目疮痍的大地上

第八章

依靠自己的智慧和力量
重新创造出一个
生机勃勃的人间
同时你们还要牢记好
今天出嫁到人间
就是为了帮助你们的夫君
阿普笃阿慕,一起来建设
未来美丽的家园
希望你们学会勤俭持家
学会吃苦耐劳,然后啊
生儿育女,繁衍新人类

认真说完此番话
天臣阿哥三生若
举目望着荒芜的大地
思前想后又说道
三天以后的早晨
你们一家四口人
再次悄悄回到南天门
我得送点礼物给你们

时间一晃到了第三天
阿普笃阿慕,一家四口人
遵照天臣阿哥的嘱咐

阿普笃慕

A PU DU MU

悄悄返回到了南天门
这时候,阿哥三生若
早已静静迎候在那里

因为这是天臣三生若
背着天神安排的事情
阿普笃阿慕一家
不敢耽搁得太久
简单交谈几句话
马上离开南天门
返回到了人世间

天臣阿哥三生若
再次护送三个天仙妹
返回人间这一天
自己骑着长翅的黑神龙
笃阿慕骑着绿色的龙马
天仙三姐妹坐那金鹭鸶
一路披着金色的晨光
穿云海,顶逆风
迎着苍茫的大地
用了一个时辰的时间
腾云驾雾重新返回到
一片满目疮痍的人间

第八章

还没走到家门口
天臣阿哥三生若
突然站住了脚步
面对三个天仙妹
再次耐心叮嘱说
天神定下的规矩
天臣不敢去违背
这一次,你们要知道
我是私自下凡到人间
只能护送你们到这里
从此我们兄妹间
就将天地两相隔
不过你们请放心
当我看见人世间
炊烟袅袅升上天
我就知道你们在想念着
父母双亲和阿哥
当你们看见天上的云朵
降落在最高的山峰
你们应该要知道
父母双亲和阿哥
也在天上牵挂着你们
但愿从此以后的日子
你们三个天仙亲姐妹

阿普笃慕

A PU DU MU

身体虽然没有长一起
可是心儿必须放一处
有一粒米,先给丈夫吃
有一滴水,先给丈夫喝
一起生育的儿女
三个共同来抚养
家务农活一起来承担
艰难困苦一起来面对
记住我的话,万千年以后
你们繁衍的后代子孙
一定会把你们的功名
像雨露一样洒满人世间
像阳光一样照亮每颗心
让你们的身影和恩泽
仿佛无边的森林
浩浩荡荡飘扬在
所有人类居住的地方

天仙三姐妹
一起回答说
天臣阿哥三生若
你就放心回到天宫吧
我们三个亲姐妹
你的叮嘱已牢记

第八章

既然奉旨嫁到人世间
我们一定不辜负
你和天神恩古子
殷殷切切的期望
我们会把三颗姐妹心
牢牢凝聚在一起
一心一意帮助阿普笃阿慕
实现重建美好人间的希望
我们一定共同来承担
三个妻子要尽的责任

听完三个天仙妹
一番推心置腹话
天臣三生若
满心欢喜连点头
开口再次嘱咐说
你们还要牢记好
从今以后啊
无论人间发生什么事
天神已经不准许
你们再次回到天上来
所以你们要知道
从今往后你们已经是
实实在在人间平凡人

阿普笃慕 A PU DU MU

认真交代完一切
天臣阿哥三生若
一把揽住三姐妹
犹如石雕站片刻
强忍满眼的泪水
转身骑上长翅黑神龙
挥手告别三个天仙妹
穿云破雾返回到天宫

第九章
天仙三妻勤持家
人间笃慕心欢喜

　　天臣阿哥离开后
　　面对苍凉空寂的大地
　　天仙三姐妹
　　一时不知如何好
　　她们从小生长在
　　繁花似锦的天宫
　　穿的是绫罗绸缎
　　吃的是山珍海味
　　若是出嫁在天上
　　场面热闹且奢华
　　如今面对一无所有的人间
　　她们感觉到有些手足无措
　　双手好像被捆住
　　双脚好像被固定
　　面面相觑无言语

阿普笃慕

再说阿普笃阿慕
自从成为人间孤单人
吃的是山间野菜
住的是茅草房屋
迎娶仙妻在世间
孤身陪伴冷清清
看着三个天仙妻
坐立不安团团转
好似三只掉光羽毛的鸟
心里隐隐在作痛
只好安慰三仙妻
你们三姐妹
不用担心今后的日子
以前只有我一人
日子还是照样过
现在已经好得多
天臣阿哥三生若
事先考虑得周全
再次来到人间那一天
悄悄背着天神恩古子
牵来了两对膘肥体壮
全身长满白毛的牛羊
还有一公一母两只鸡
还有一公一母两头猪

第九章

还有一公一母两只狗
以及一袋五谷和杂粮
一袋瓜果蔬菜的种子
还有你们要穿的
几套绫罗绸缎衣
这是天臣阿哥的心意
也算天庭陪嫁的礼物
有了这一切
我们一家今后的日子
一定能够逐步好起来
人世间的家务和农活
你们只能慢慢来适应
千万不要焦虑和心急
既然凡人笃慕我
迎娶你们到人间
我敢保证让你们
过上无忧的日子

就在天臣三生若
返回天宫第二天
阿普笃阿慕
遵照洪水滔天前
人间定下的规矩
领着三个天仙妻

阿普笃慕
A PU DU MU

重新回到堂狼山脚下
家乡亩阿鲁厄枯山寨
牵手走进自家门
然后生起三堆火
面朝北方一齐跪在地
一夫与三妻
同时怀着一颗虔诚心
跪拜了天神,跪拜了地神
然后跪拜父母双亲的亡灵
接着一夫三妻一一相对拜
认真做完这一切
三个天上的仙女
一个人间的男儿
真正成了夫妻

从此啊,阿普笃阿慕
白天不是捉刀上山砍树建屋
就是下地挥汗如雨耕田种地
一旦太阳落山后
带上弓箭和长矛
独自闯进深山老林里
狩猎昼伏夜出的禽兽
遭遇凶猛走兽时
勇敢智慧笃阿慕

第九章

设计陷阱先捕获
而后用箭再射杀
吃不完的兽肉连成串
挂在火塘上方先熏干
到了农忙季节再食用

为了尊重人间的规矩
阿普笃阿慕
分别赐给三仙妻
三个不同的名字
长妻名叫眉艾嫫
次妻名叫眉耐嫫
三妻名叫眉喜嫫
每天阿普笃阿慕
出门耕种或狩猎
三个天仙妻
分工负责其他事
一个放牧牛羊和猪鸡
一个栽种瓜果和蔬菜
一个操持家务和织布
三个天仙妻
开始有些不适应
时间一晃过去几个月
三个天仙妻

阿普笃慕

A PU DU MU

慢慢开始适应了
人间的生活
配合默契又和谐
相互帮忙共度日

阿普笃阿慕
一夫三妻团结如一人
虽然日子过得实在苦
可是啊,和睦一家人
笑容满面乐融融
长妻眉艾嫫
放牧的牛羊和猪鸡
长得膘肥又体壮
次妻眉耐嫫
栽种的瓜果和蔬菜
一年四季吃不完
三妻眉喜嫫
操持家务勤快又细心
织出布匹缝衣穿不完

日子就像那溪流
忙忙碌碌中
一天天过去
阿普笃阿慕

第九章

一家四口人
美满的生活
幸福像鲜花
曾经满目疮痍的大地
已经遍地青山和绿水
堂狼山上的毒草
早已被清除
高鲁山上的刺丛
早已被烧毁
大深箐里的毒水
不再流出来
悬崖边上的长虫
躲进了岩洞
密林里鸟儿成群纷飞
山野中百兽你追我赶
彩蝶飞舞在花丛中
蜜蜂忙碌在阳光下
一年四季风调雨顺
瓜果满园五谷丰登
小溪淙淙归大河
大河滚滚奔大海
每一颗小草都在微笑
每一片绿叶都在拍手
每一只鸟儿都在歌唱

阿普 笃慕
A PU DU MU

每一阵山风都在呼唤
人世间的新天地
终于来到了眼前

苦日子难熬
好日子易过
不愁吃穿的日子
不愁温饱的生活
转眼过去十五年
阿普笃阿慕
整天心里美滋滋
如今的家乡
亩阿鲁厄枯
已是个青山绿水环绕
鸡鸣狗吠，炊烟袅袅
人与自然和谐相处
风光无限的好地方

第十章
六个儿子始成长
笃慕教诲本领高

这时的亩阿鲁厄枯
阿普笃阿慕的故乡
粮仓里堆满了五谷
厩舍里关满了牛羊
日常生活丰衣足食
逢年过节杀猪宰羊
每当喝酒吃肉前
首先祭拜天神和地神
然后敬奉祖宗的神灵
三个天仙妻
历尽艰难困苦后
迎来希望和幸福
短短十五年
先后生下六男又九女
长妻眉艾嫫
生育二男和四女

阿普笃慕
A PU DU MU

次妻眉耐嫫
生育二男又三女
三妻眉喜嫫
生育二男另二女

阿普笃阿慕
十五年期间
历经无数磨难和险恶
曾为虎掌拔刺成恩人
猛虎知恩图报做知己
从此狩猎骑猛虎
没有一天空手归
挽弓提刀进山林
如履平地靠虎威
山野百兽可生擒
天空飞禽弓箭射
每箭射出不落空
野猪看见跪地求饶
豹子看见低头让路
大象看见远远避开
野牛看见立地致敬
从此啊，猛虎扬威的大地
同时成为阿普笃阿慕
点燃未来希望的家园

第十章

阿普笃阿慕
十五年期间
历经无数痛苦和灾难
曾把神龙引出迷洞成弟兄
从此以后处处得相助
天旱地荒神龙降雨水
保证庄稼每年好收成
灾难降临神龙来解危
每当暗夜里行走
神龙眨眼放闪电
引着阿普笃阿慕
走出荒山和野岭
一旦山洪暴发时
神龙带着笃慕一家人
远远逃离天灾和人祸
神龙笃慕非同类
情同手足胜兄弟
神龙笃慕情相系
心有灵犀一点通

阿普笃阿慕
十五年期间
历经无数困苦和艰辛
曾帮苍鹰治愈断翅成挚友

阿普笃慕

A PU DU MU

从此任何灾难来临前
苍鹰都会提前来相告
哪怕一阵雨
哪怕一场雪
何时降临亩阿鲁厄枯
苍鹰都会预先来通知
哪怕一只小老鼠
哪怕一只小猴子
故意闯入庄稼地
苍鹰都会提前来相告
有了苍鹰的帮忙
天空变得更湛蓝
视野变得更广阔
生活变得更顺畅
从此啊,苍鹰翱翔的天空
同时成为阿普笃阿慕
放飞梦想的天堂

三个天仙妻
先后生下六子和九女
阿普笃阿慕
都给起了好名字
为了后代子孙们
牢记祖宗的恩情

第十章

为了传承相通的血脉
阿普笃阿慕
征求猛虎的意见
听取神龙的建议
采纳苍鹰的主意
祭拜天神和地神
而后经过三个天仙妻
一致同意后
决定实行父子连名制
以此达到万千代
不忘人类的根本

长子起名慕雅切
次子起名慕雅考
三子起名慕雅热
四子起名慕雅卧
五子起名慕克克
六子起名慕齐齐
从今往后的子孙
不管到了哪一代
父子连名不能断
血脉相承一家亲

阿普笃阿慕

阿普笃慕
A PU DU MU

受尽人间磨难后
终于迎来辉煌的伟业
生养的六个好儿子
个个健壮如虎似龙
人人胸怀雄心壮志

长子慕雅切
出生两个月
翻山越岭如履平地
长到十二岁
头发茂密似森林
伸展开双臂
可以拥抱苍天的大树
仰天长啸时
可以唤回高飞的雄鹰
他走过的每一个地方
留下的脚印都会变成
一个个深蓝色的湖泊
长到十五岁
离开父母和家园
带着神圣的使命
一路劈山和开道
终于有一天
来到一个名叫迭池的地方

第十章

就在那猛兽成群的山野里
凭着一身的神勇
征服一切叛逆与阴谋
战胜一切艰难与险阻
把生命之源,母族之根
深深地扎在了这片
每一阵风过都留下血的记忆
每一声呼唤都回荡神灵之音
浩浩荡荡广阔无垠的土地上

次子慕雅考
出生三个月
听得懂鸟儿的语言
看得清是非与善恶
长到十三岁
力大如牛,行走如飞
张开五指可以插进大树
举起拳头可以砸碎巨石
上山生擒猛兽
下箐活捉狂蟒
长到十六岁
听从父母命
跟随长兄慕雅切
深入不毛之地

阿普笃慕

A PU DU MU

脚踏千里哀牢神山
头顶万里浩荡烟波
滴下的汗水
变成汹涌的江河
栖身的峰峦
变成部落的家园

三子慕雅热
四子慕雅卧
出生刚满四个月
学会神机妙算
熟悉天文地理
长到十四岁
拿起弓箭可以射落飞雁
举起火把可以点亮星空
两兄弟整天形影不离开
同睡一张床,同吃一碗饭
长到十七岁
两兄弟领受父母命
一路披荆又斩棘
来到一个名叫雷波的地方
开始创建属于自己的领地
他们捉回野牛耕田种地
他们逮住野猪围栏驯养

第十章

他们身披彩霞建设家园
他们走过的地方
到处生长起山寨与炊烟
他们在森林里留下火种
他们在天空中留下身影
他们在领地里点燃梦想

五子慕克克
六子慕齐齐
出世未满五个月
眼睛明亮如火炬
能够望穿黑云与夜幕
耳朵灵敏如刺尖
能在迅疾山风中
辨明狼嚎与鬼哭
两兄弟一旦联手在一起
毒蛇不敢出洞来害人
猛兽不敢肆意去妄为
只要是他们走过的地方
公鸡都会按时唤醒万物
太阳每天准时升上天空
长到十五岁
两兄弟同时骑着两大象
游遍故乡所有山山水水

阿普笃慕
A PU DU MU

他们咬破自己的手指尖
用彝文在每个险崖上
都写下了自己的名字
他们每天都在祈祷神灵
随时把希望赐福给人类
长到十八岁
情同手足的两兄弟
在父母亲的期盼中
开始创建新的家园
他们在神灵的指引下
来到了矣纳嫫两岸
矣纳嫫是一条黑色的河流
日夜奔腾，浩荡不息
翻滚着永恒的波涛
两兄弟双脚横跨江两岸
用勤劳的双手建功立业
他们在星光下把思念
遥寄给敬爱的父母亲
他们在阳光下把心血
洒遍苍茫雄奇的大地

阿普笃阿慕
没有一刻忘记过
谆谆教导六个好儿子

第十章

如今天下人间已太平
是非善恶已分清
苦难幸福已同享
悲欢离合已分明
笃阿慕的后代们
凡是逢年和过节
首先祭拜天神与地神
然后祭拜祖宗的灵魂
这是天下人间的规矩
千代万代不能忘
子子孙孙要铭记

六个儿子六棵树
六个儿子六座山
六个儿子六条河
六个儿子六片海
阿普笃阿慕
看着六个好儿子
从小懂事又礼貌
团结友爱一家亲
满心欢喜笑颜开
他首先教会六个好儿子
祭拜天地的规矩
祭拜神灵的尊严

阿普笃慕
A PU DU MU

祭祀祖宗的风俗
孝敬父母的道理
团结友爱的思想
然后又教会六个好儿子
猎杀猛兽的本领
驱逐妖魔的办法
守卫家园的武功
开疆辟土的壮志
治病救人的善心

第十一章
天神再发天旨令
准备征伐六方霸

阿普笃阿慕

还有三个天仙妻

原来一直不知道

他们生下六男九女后

地神禀告天神恩古子

如今的大地上

已经森林茂密

到处绿草葱葱

遍地山花烂漫

山箐溪流潺潺

峡谷江河奔腾

湖海碧波荡漾

可是啊,现在还只有

笃阿慕和三个天仙妻

所生育的六男和九女

即使再过一万年

阿普笃慕
A PU DU MU

苍茫广阔的大地
永远都将是
千里不见人烟
万里难寻人迹
所以不得不请求
神通广大的天神
再次发慈悲
再次显神威
恩赐大地新人类
提前造就人间美

天神恩古子
听从地神的请求
经过一番细思量
觉得确实是道理
倘若只靠笃阿慕
还有三个天仙妻
千年万年过去后
大地还是人烟稀
兄妹婚配更不好
于是啊，召集天臣们
大家共同来商量
此事应该如何办
最后取得一致意见后

第十一章

天神恩古子
当即颁布圣天旨
派出天臣惹杰嫫
带上六个大葫芦
下凡苍茫大地上
分别投放在六方
六个大葫芦
颜色各不同
黑白绿蓝青紫六个色
黑色葫芦投放在森林
白色葫芦投放在雪域
绿色葫芦投放在平坝
蓝色葫芦投放在湖边
青色葫芦投放在山区
紫色葫芦投放在高原

六个大葫芦
投放大地七七四十九天后
大风吹开一条缝
放出成群的人类
这些葫芦人
纷纷挤出葫芦缝
犹如蚂蚁群
四散跑开去

· 143 ·

阿普笃慕

A PU DU MU

然后一群又一群
分别聚集在一起
组合小小的山寨
逐渐形成小部落

这群分居六方葫芦人
经过二十多年的繁衍
已经形成六个大部落

开始的时候
这群天神投放人间的
六大部落葫芦人
各自居住在一方
大小山寨相连接
不分男女和老幼
团结友爱似一家
男耕女织乐融融
男女婚配成夫妻
开荒耕种男人事
狩猎打鱼男人做
女人在家养儿女
女人负责家务事
山寨之间常来往
猎得野物人人都有份

第十一章

收获粮食平均来分配
有难大家一起来帮助
有事大家共同来商量
日子过得比蜜甜
生活犹如吃橄榄
回味无穷美滋滋

可是啊,自从那一天
地上出现一巫师
人们受到蛊惑后
地上阴霾散不尽
天空黑云重笼罩
原本团结友爱的葫芦人
突然之间就丧失了人性
山寨与山寨不再相来往
人与人相遇不知打招呼
就连老小一家人
也都变得像水火
每个人的脑袋里
似乎全都装满了
群魔乱舞的影子
相见仿佛是仇人
说话句句都带刺
六个部落都在乱哄哄

阿普笃慕
A PU DU MU

每个部落都在起纷争
山寨与山寨之间
争夺女人动刀剑
争抢食物相残杀
好像他们从来就不曾
学会过如何区分善与恶
还有做人的礼仪和道德
他们不懂尊老和爱幼
男人变得好吃懒做
整天只知道争强好斗
肥沃的土地颗粒无收
女人变得无所事事
衣服破了不知缝补
儿女饥饿不知喂食
没有了夫妻制度
男女杂居在一起
儿女只知有其母
不知其父是哪个
好像山野飞禽与走兽
男女无论何时与何地
争风吃醋日夜在厮杀
强者驱赶弱者去耕作
强者霸占美丽的女人
强者吃喝玩乐尽疯狂

第十一章

弱者瘦骨伶仃遭欺辱
弱者衣不蔽体受饥寒
弱者哀号遍野无人管
更可怕的还是
昔日受人尊敬的祭司
也都突然变成了巫师
巫师见利忘义无人性
钻头觅缝迷惑人灵魂
仿佛普天之下
已经没有了一个好人

六部落如此混乱的现状
天神其实早已看在眼里
他没有派遣天臣去解决
而是托梦给猛虎、神龙和苍鹰
请它们转告阿普笃阿慕
一定要不惜付出一切代价
想尽办法来制止
六个已经丧失人性的部落
如此践踏伦理道德的行为

阿普笃阿慕一家
直到这时才知道
洪水滔天后

阿普笃慕
A PU DU MU

苍茫大地上
还有六个大地方
天神恩赐下，人类在繁衍
而且如今已经发展成
六个疆域广阔的部落
所以啊，当他一听完
猛虎、神龙和苍鹰的转告
竟然一时不知如何好
最后只得召集三仙妻
还有六儿和九女
复述天神原话共商量
三个天仙妻
想了半天还沉默
太阳落山始开口
我们都是妇人家
还得你和六个儿子拿主意

阿普笃阿慕
思前想后好几天
终于说出一个办法来
如今我们六个好儿子
已经长大成人是好汉
遣使他们分别去征服
六个丧失人性的部落

第十一章

这是不得而已的办法
凭着他们的智慧和武功
应该不会有什么大问题
还有啊,我内心在考虑
为了确保远征取得胜利
我想请求猛虎、神龙和苍鹰
一起援助六个好儿子
请求猛虎邀来五兄弟
请求神龙带上五儿子
请求苍鹰邀来五弟兄
援助六个儿子去完成
征服六个部落的战争
六个儿子六战场
分别骑着一只猛虎去战斗
神龙驾云电闪雷鸣显神威
神眼苍鹰空中侦察来指挥
同时还要一起呐喊来助威
那些早已变成了一盘散沙
丝毫没有防备意识的部落
永远不可能抵挡得住
我们六个儿子的进攻
等到六个部落被征服
就让他们分别去统治

阿普笃慕

A PU DU MU

三个天仙妻
担心六个好儿子
单枪匹马去战斗
难以预料凶多或吉少
虽说还有猛虎、神龙和苍鹰
分别援助他们去远征
可是啊，心里很清楚
毕竟双方力量太悬殊
能否完成艰巨的任务
作为阿妈如何不担忧
然而啊，夫君笃慕已决定
作战安排又周密
天神旨意更是不敢违
她们还能说什么

幸好这时候
阿普笃阿慕
从小亲自精心培养的
六个儿子确实已成才
现在啊，六个好儿子
分别驻扎在三方
守卫故乡亩阿鲁厄枯
六个儿子犹如六座山
日夜坚守各自的领地

第十一章

他们个个长得虎背熊腰
浓眉大眼，充满智慧
力大无穷，走路起风
武功精湛，智勇双全
刚学会走路的时候就知道
跌倒了只能靠自己爬起来
刚学会说话的时候就知道
做人首先就要区分善与恶
长到七八岁，已经有勇气
跟随阿爸骑虎去猎捕
那些凶猛的飞禽走兽

笃阿慕的六个好儿子
不但从小聪慧又果敢
而且个个胸怀着大志
他们从小树立起来的理想
就像那长流的江河
日夜朝着大海奔腾
就像那苍天的大树
高高飘扬在蓝天里
他们上山狩猎
可以生擒猛兽
他们下海打鱼
可以活捉蛟龙

阿普笃慕

A PU DU MU

九个女儿好似九朵花
美貌胜过三个好阿妈
从小学会勤俭持家
待人接物礼貌周到
身材犹如杨柳树
心灵好似美玉纯
笑容好比鲜花艳
阿普笃阿慕
还有三个天仙妻
看着九个好女儿
整天乐啊啊
等到征服六方霸
历尽磨难一家人
就将迎来新世纪

第十二章
猛虎神龙苍鹰助
六儿完成大一统

驻守三方六个好儿子
分别接到阿爸笃阿慕
派遣苍鹰送来的松子
心里马上就知道
家乡发生了急事
阿爸早已交代过
松子暗示着急事
松毛暗示着喜事
六个儿子不耽误
分分秒秒争时间
骑上骏马一阵风
同时赶回到家乡
亩阿鲁厄枯山寨

阿普笃阿慕
不等六个好儿子

阿普笃慕

A PU DU MU

擦净满脸的汗水
喝上一口家乡水
立即下达分别去征服
六个野蛮部落的命令

六个儿子赶回故乡第二天
征战已经正式拉开了帷幕
猛虎接受笃阿慕的请求
带着五兄弟按时来报道
神龙接受笃阿慕的请求
带着五子准时从天而降
苍鹰接受笃阿慕的请求
带着五弟兄按时来报道
六个好兄弟,共同发誓言
一定要像秋风扫落叶
完成征服六方的大业

这一天啊,晴空万里
山峰肃穆,森林静默
微风缓缓吹拂着家园
祭祀完天神和地神后
笃阿慕的六个好儿子
挎上弓箭,带上长刀
穿上老藤编织的铠甲

第十二章

按照阿爸周密的部署
在苍鹰的侦察引导下
在神龙的呼风唤雨中
骑上威风凛凛的猛虎
向着六个不同的目标
展开了闪电般的进攻

六个亲密无间的好兄弟
为了保证完成天神的使命
为了开辟更加广阔的疆土
为了征服肆虐大地的野蛮
为了恢复和睦共处的人间
他们在六个不同的地方
展开了一场正义的征伐
苍鹰在空中翱翔指挥
猛虎在地上纵横驰骋
神龙电闪雷鸣在呐喊
英勇善战的六兄弟
冲锋陷阵，所向披靡
舍生忘死的六兄弟
挥刀开弓，驱魔斩妖
分别在不同的战场上
使用武力清剿着邪恶

阿普笃慕
A PU DU MU

刀光在闪烁
箭镞如飞雨
山高箐深如履平地
悬崖峭壁不在话下
聪明机智的六兄弟
在征服一个山寨后
马上挑选出一个
品德出众的头人
负责管理山寨事
同时征招年富力强的男子
作为征服野蛮武装的战士
然后,又率领新生的力量
征服另一个山寨
队伍越来越壮大
地盘越来越宽广
六个天下英雄汉
威名迅速传遍了
六个部落的领地

因为骑着猛虎在征战
因为苍鹰翱翔着指挥
因为神龙呐喊着助威
地上的百兽在群起响应
空中的群鸟在热情欢呼

第十二章

六个天下英雄汉
一路所向无敌
一路捷报频传
在各自不同的战场上
一鼓作气消灭着野蛮
苍鹰不停地传递着消息
六兄弟不停地相互鼓励
只要他们征服过的地方
阳光格外明媚
山风特别清爽
笑脸迎着笑脸
那些在野蛮的岁月里
身心备受折磨的人们
心花怒放,高歌起舞
呼喊着解放者的名字

这场重建人世间
和平世界的战争
这场目的在统一
人类秩序的战争
经过九九八十一天的苦战
终于获得圆满的成功
六方豪强头落地
六方弱者得解放

阿普笃慕
A PU DU MU

蛊惑人心的巫师
逃匿得无影无踪
肮脏的灵魂化作了尘埃
曾经丧失人性的地方
欢歌笑语，阳光灿烂
那些黑云般笼罩着大地
腐蚀人心的邪恶与暴虐
终于被清除得一干二净

天神恩古子
得知混淆是非的六部落
现在已经被平定
马上颁布天神令
指示地神和天臣
从此以后地上事
就照阿普笃阿慕
已经安排好的办
从此以后的大地
就让阿普笃阿慕
六个英勇的儿子
各自统领六部落
地神和天臣
负责帮助六英雄
治理新人间

第十二章

三个天仙妻

看到六个好儿子

征战得胜安全归

掩面低头热泪流

一一拥抱竟无语

三颗慈母心

其实最明白

六儿征战自有天神助

天神不要他们来回报

所以啊,三个天仙妻

擦干眼泪抬起头

同声感谢猛虎、神龙和苍鹰

然后祝福六个好儿子

前途胜过彩虹梦

从今往后的历史

就靠你们去创造

尾 声

从此以后的人间
在那世界的东方
在古老文明华夏大地上
在曾经充满蛮荒而混沌
无尽的恐怖时刻笼罩着
每一双渴望的眼睛
猛兽出没,穷山恶水
一座座山峰顶破苍穹
一条条深谷一线通天
江河日夜汹涌澎湃
死神游荡每个角落
血泪与残酷肆虐成风
神话迎风飘扬的地方
阿普笃阿慕
成了一个古老民族
——彝族人民的始祖

尾 声

他与三个天仙妻
生养的六个好儿子
个个勇敢智慧
个个胸怀大志
经过艰苦征战
历尽千难万险
终于完成了开疆辟土
重建美好人间的任务

从此以后,六个英雄汉
统一了充满野性的六方
建立了辉煌的六大部落
长子慕雅切
成为武部王
次子慕雅考
成为乍部王
三子慕雅热
成为糯部王
四子慕雅卧
成为恒部王
五子慕克克
成为布部王
六子慕齐齐
成为默部王

阿普笃慕
A PU DU MU

长子次子两部落

统治着古滇地

三子四子两部落

统治着川南地

五子六子两部落

统治着黔西地

六大部落一个天

他们遥相呼应

他们团结互济

在各自的部落里

建设起美好家园

他们完善了严格的制度

一个山寨一个主

山寨之主管寨民

十个山寨一个头

头人负责十寨主

他们就像一棵树上的叶子

迎着世纪的大风走向明天

他们就像一条江里的浪花

欢呼着汹涌澎湃勇往直前

他们就像一个夜空的星辰

在苍茫的世界里交相辉映

他们就像一座山里的猛虎

坚定不移守卫着美丽家园

尾 声

他们永远同呼吸共患难
永远同根同脉,同源同宗
永远同歌同唱,同欢同乐
六个部落六个王
六王共举一面旗
在阿普笃慕的光辉里
他们教会所有的子民
每当逢年和过节
听从祭司的指挥
首先祭拜天地后
才能宰杀牛羊与猪鸡
首先祭拜祖宗后
才能开口吃肉和喝酒
他们还严格规定
无论是至高无上的王
还是普通的黎民百姓
不准猎杀和虐待
曾经援助过他们
完成征服六方战争的
猛虎、神龙和苍鹰
无论居住在何方
无论生活在何地
只要身为彝族人
一定要把猛虎、神龙和苍鹰

当作精神世界里
神圣不可侵犯的神灵
万千年过去
猛虎、神龙和苍鹰的形象
成为每个彝族人
一生崇拜的图腾
成为每个彝族人
灵魂深处的圣灵

六个部落一颗心
六个部落是一家
虽然远隔千山与万水
但是情深义重六兄弟
经常往来风雨中
无论发生大小事
互相通报成习惯
遭遇外敌来侵略
联合起来共抗击
每年父母过生日
六个孝顺好儿子
各自带着妻子和儿女
翻山越岭赶回到故里
祝贺父母寿无疆
感谢父母养育恩

尾 声

六个儿子六个王
六个儿子统六方
从此啊,普天之下
彝人繁衍生息的世界里
到处充满了蓬勃的生机
鲜花开放在脚印所到之地
鸟儿飞翔在视野所及之处
风声中传来神灵的祝福
云朵上栖息燃烧的梦想
江河里奔腾欢乐的颂歌
苍茫大地开遍和谐之花
闪电照亮了每一条山路
雷鸣唤醒了每一颗灵魂
星光闪烁的夜晚
沐浴着自由的人们
载歌载舞,用歌声
赞美创世纪的祖先
用粗犷豪放的舞蹈
再现祖先的丰功伟业
这样美好幸福的生活
如今已传承千秋万代
并将流传给万世子孙

彝祖阿普笃阿慕

万千年过去
你燃烧的灵息
始终吹拂着彝山大地
你不朽的形象
永远飘扬在万里长空
你为我们树立起来的
猛虎、神龙和苍鹰的图腾啊
就是彝人崇拜的中心
只要听见猛虎的长啸
我们就仿佛听见了
你那来自远古的呼唤
只要长空出现电闪雷鸣
我们就仿佛回到了
你创造辉煌历史的岁月
只要看见苍鹰展翅翱翔
我们就仿佛看见了
你在苍凉荒芜的大地上
披荆斩棘开创新世纪的身影
你光辉的形象
让每一个彝人
仰望成不落的彩霞
你永恒的呼唤
穿越漫长的历史时空
久久回荡在每个彝人

尾 声

居住的神山圣水之间
你是男人当中唯一的男人
你是神话当中唯一的神话
你是彝人心中唯一的太阳
你是彝人世界里永恒的王

后 记

我是用神话的文学与文学的神话来塑造阿普笃慕形象的。

我们现在所拥有的神话，是人类在漫长的历史体验和社会活动的基础上，积累起来的丰富精神文化遗产，同时也是人类精神文明的重要组成部分。

一个拥有神话的民族，是伟大的民族，是具有自强不息奋斗精神的民族。这一点我从来不曾怀疑过。彝族，就是这样一个民族，就是这样一个相信自己、相信世界，充满梦想的民族。这样的民族，永远都对未来充满信心、充满希望。

彝族在中华民族大家庭里，是历史比较悠久的古老民族之一。阿普笃慕是繁衍生息在世界各地的彝族同胞普遍认同，并且一致尊奉的彝族人文祖先。就人类历史来说，关于人类起源，各民族都有自己的多种传说。彝族也不例外，彝族有关人类起源的传说，不同居住地区也有差异，但有一点是可以肯定的，都有极其惊人的相似，即这些传说或多或少都与洪水泛滥有关，无论是彝文古籍，还是民间传说，都在渲染与描述洪水滔天的故事。当然了，这些故事都充满了神秘的神话色彩。

后　记

　　洪水滔天的传说，在彝文古籍里的记载中，也因为族群居住地域的不同而有所差别。当然，彝族古籍的记载，也源自于神话传说，并不是亲身经历者所记述。正因为如此，我在《阿普笃慕》里，更多地使用了把彝文古籍记载与民间神话传说相结合的创作手法，其目的只有一个，那就是：不随波逐流，坚持作者的思想感情和独立思考。

　　我在《阿普笃慕》的创作过程中，之所以选择叙事诗的写作手法，也是有所考虑的。主要的一点，就是我不想把阿普笃慕这个存在于史籍与传说中的人物叙述得太细化。太细化了，可能难以把握。文学作品是以塑造人物为主线条的，有了人物，才会有故事，故事才是根本。

　　除了"引子"和"尾声"，我没有在《阿普笃慕》里一开始就触及阿普笃慕这个人物，我首先是着眼于人类最初对天空和大地的认识，也就是从开天辟地，创造人世间开始。至于姐弟婚配的传说，在彝族民间流传甚广，所以在《阿普笃慕》里，也进行了叙述。我认为这是必要的。《阿普笃慕》里的人物及其名字，以及地名，我也考虑了很多。我的观点是不能太繁杂，只要不影响阿普笃慕这个主人公的形象就可以了。再说，历史方面还有争议，不曾定论的人和事，作为文学作品不必要过于牵扯。

　　在《阿普笃慕》里，我也没有描写阿普笃慕如何出生，这是因为我不想也不愿意把他当作一般的帝王形象。那些我们所熟悉的帝王，出生时候的描写，比神话更神话。而阿普笃慕是不能这样描写的，阿普笃慕是彝族人民精神世界里至高无上

的"帝王",他的形象是永恒的,他的思想与灵魂的光芒是任何人无法相比的,他是一切神话的统治者。

《阿普笃慕》是中国作家协会2013年度少数民族文学重点作品扶持项目,在此,我作为一个生活和工作在基层的彝族作家,非常感谢中国作家协会的关心和支持。同时,我也非常感激中国第一个彝族自治县——我亲爱的家乡峨山历届领导长期以来对我文学创作活动的关心和鼓励。峨山是彝族居住比较集中的地方,彝族气息非常浓厚,拥有灿若繁星的彝族民间神话、传说和故事。现在,峨山县城里已经建设起一个阿普笃慕文化园,把彝族人民的人文祖先阿普笃慕和他的六个儿子的铜像塑立在那里,每年阿普笃慕诞生的日子,都要开展祭祖活动。我居住的锦华园,与阿普笃慕文化园遥遥相对,距离只有四百余米,这使我从现实到想象都更加接近了阿普笃慕。现在我已经形成一个习惯,每当彝族文友相聚在一起,特别是在喝上几杯家乡的玉林泉美酒后,都要大谈特谈阿普笃慕的丰功伟绩,有时候,还会跑到阿普笃慕文化园,跪倒在阿普笃慕铜像前磕上几个头。我认为,这是来自灵魂里面的一种本能的崇敬与缅怀。

我已经说明过,我是用神话的文学与文学的神话来塑造阿普笃慕形象的。

阿普笃慕是永远写不完的,阿普笃慕不属于哪一个人,阿普笃慕属于勤劳、勇敢、善良的彝族人民,属于伟大中华民族辉煌灿烂的历史。

还有,特别让我感动的是,一直以来,在我的内心里非常

后　记

尊敬的倮伍拉且先生，在百忙之中为《阿普笃慕》撰写了序。倮伍拉且先生作为彝族文学的主要代表人物，几十年来，为繁荣与发展彝族文学事业做了很多工作，我想，我们是不会忘记他的付出的。

写完《阿普笃慕》那一天，窗外阳光灿烂，群鸟欢唱，大地风光无限。